叶兆言短篇小说编年·珍藏版

德莉莎的疯狂

叶兆言 著

人民文学出版社

图书在版编目(CIP)数据

德莉莎的疯狂/叶兆言著. —北京：人民文学出版社，2022
（叶兆言短篇小说编年：珍藏版）
ISBN 978-7-02-017219-1

Ⅰ. ①德… Ⅱ. ①叶… Ⅲ. ①短篇小说-小说集-中国-当代 Ⅳ. ①I247.7

中国版本图书馆 CIP 数据核字(2022)第 099389 号

责任编辑 **朱卫净 杜玉花**
装帧设计 **钱 珺**

出版发行 **人民文学出版社**
社　　址 **北京市朝内大街 166 号**
邮政编码 **100705**

印　　刷 **凸版艺彩(东莞)印刷有限公司**
经　　销 **全国新华书店等**

字　　数 **196 千字**
开　　本 **787 毫米×1092 毫米 1/32**
印　　张 **8.25**
版　　次 **2022 年 8 月北京第 1 版**
印　　次 **2022 年 8 月第 1 次印刷**

书　　号 **978-7-02-017219-1**
定　　价 **65.00 元**

目录

走向冬天

1

树叶发出的声音，变了

腐烂的果核，刺痛路人的双眼

这是我非常喜欢的一位诗人的一首诗的开头，作为一名职业写作者，一个成天与汉字打交道的作家，我通常不会有这样的行文，不会在一句话中，连续出现三个“的”。今天却是例外，竟然在这篇小说开头，很认真地写下了如此不伦不类的一句：

“我非常喜欢的一位诗人的一首诗的开头。”

汉语中的“的”最好少用，能不用则不用，它是结构助词，会让我们的文字变得笨拙，变得慢腾腾，变得一本正经。但是，但是我还是忍不住，还是要说一句，我喜欢这位诗人，喜欢这首诗，喜欢这首诗的开头。

事实上，我正是在念叨这首诗的时候，遇到了江边散步的浦锡金。完全是一次非常意外的偶遇，浦锡金是我曾经的一名学生，我们当时都在江边散步，无意中他看到了我，认出了我是谁，试着喊了一声。我吓了一跳，一时想不起他是谁。时间已过去三十多年，老师和学生都完全改变了模样。他所以能认出我，是因为看到了报纸上刊登的照片，因为照片，他发现了当年那个喜欢写小说的老师已经成了老家伙。

江边有棵很大的银杏树，正好是个高坡，银杏树就栽在高坡上。进入秋天，银杏树叶开始发黄，渐渐变成金黄，开始像花瓣一样坠落，地上铺了一层厚厚的金色落叶。偶尔会有行人过来拣几粒银杏，空气中飘浮着一种酸酸的气味，那是腐烂的银杏散发出来的，谈不上好闻，然而还可以忍受。自从那次与浦锡金偶遇后，接下来一段日子，我和他经常会在江边碰头，经常会在这棵银杏树下聚会。我们吃惊地发现，大家竟然是在同一个小区。当然，更准确地说，是浦锡金的儿子住这里。为什么要住到儿子这儿来，他没说，我也没好意思问。

小区太大，十几栋五十多层的高楼，像竖起的一条条街道，密密麻麻住着无数居民。说起来也算是邻居，住在这样的高楼群里，老死不相往来也很正常，很显然，我们只不过是都习惯在一个相同时间，到江边来散步。

2

在江边散步，我们会漫不经心地聊天，回忆过去。有一天，浦锡金故作轻松地跟我解释，因为身体不太舒适，所以住到儿子这边来，江边景色好，更适合他休息，可以让他的情绪更稳定一些。我微笑着点了点头，由于没接他的话茬，我们的对话没办法继续下去，他欲言又止，仿佛在说，我的那些事，你既然知道，你肯定知道，也就没必要再说下去。他不往下说，我呢，似乎也不太方便追问。虽然听说他有抑郁症，听说他曾经自杀过一次，但是这种事，有些事，人家不主动跟你说，你也不太能问。

银杏树的落叶太美了，有那么几天，我几乎天天都要在那棵大银杏树下徘徊。南京的秋天十分短暂，满地的银杏叶，预示着匆匆而来的秋季，很快就要匆匆而去。我想起自己当年做老师时的情景，那时候我还年轻，同学们更年轻，组织开联欢会，男生女生各自都要出节目，浦锡金上台朗诵，朗诵的是高尔基的《海燕》，声音很高亢。他的普通话不太标准，结尾时为了表现有力，两手高举，做出一个要展翅高飞的造型，惹得全班同学哈哈大笑。

事实上，我那时候只做了一年的大学老师，当过一年班主任。这个老师和班主任很不合格，对学生基本上是放鸭子，绝对地放任他们，学生想干什么就干什么。期末考试监考，大家抄来抄去，根本不把我这个监考者放在眼里。我当时已考上了其他学校的研究生，马上就要离开这所学校，同学们也因此不把班主任放在眼里，根本就不把我当回事。我也不愿意把自己当回事，除了监考时放任同学们抄来抄去，政治学习干脆给大家放录音带，让大家自己看报纸。

我所在的那个大学，太讲规矩，用老先生的话来说，就是中学加衙门。平时对学生管得挺严，当班主任的基本上都是老妈子作风，恨不得什么都要管，什么都要过问。我成了一个特殊的异类，什么都不想管，什么都不愿意过问。同学们对我不仅不反感，甚至说是挺拥护。到了节假日，按规定，班主任要根据学校要求，对同学三令五申，要说明这个，要强调那个，反复说明注意事项。我觉得没必要说那些废话，开玩笑地对班上的同学说了一句：

“放假了，你们爱干什么干什么，别闯祸就行，别让我最后去派出所领你们。”

三十多年过后，在江边散步，重温这段经历，浦锡金说我们做学生时，都觉得你这个班主任很不一样，我们都喜欢你这样的老师。他说我们都还能记得你当时的神情，当时说的那些话，包括说不要让我去派出所接人，当时你真敢讲，我们当时就想，你这样的人，应该成为作家。他的话让我觉得惭愧，当年其实就是不负责任，不想负责任。事实上，我连班上同学的名字都叫不全，能记住浦锡金，不是因为他喜欢文学，喜欢写诗，写过几首并不怎么样的诗，而是这个人的名字发音，竟然与俄国诗人“普希金”相同。

我那时候已开始写小说，喜欢和同学们吹牛聊文学，喜欢推荐外国小说。浦锡金曾问我借过一本书，苏联作家阿克肖诺夫的《带星星的火车票》。那时候，他的志向也是以后要当一位作家。借这本书的理由很简单，因为他想当作家，于是我就多事，觉得这本书值得读一读，尤其适合他这种想当作家的年轻人阅读。结果因为我的推荐，他开口向我借阅，借了就没还过。说好看完立刻物归原主，一直到我要离开那个学校，他也完全没有归还的意思。

他也许早把这事给忘了，在江边一起散步，我仍然还为当年借的那本书耿耿于怀。虽然过了三十多年，借书不还的疙瘩依旧没解开。古人说过，借书一痴，还书一痴。意思是说，书是不能随便借的，借书给别人是痴，借了别人的书，竟然还想到归还，同样也是痴。站在大银杏树下，脚下全是金色的叶片，我想到重提当年的借书，很想告诉他，借书不还这事我还没忘记。没忘记的原因，不是觉得这本书多么珍贵，而是它让我觉得自己有些书呆子气，干吗非要把自己喜欢的书借给他。事实上，浦锡金根本算不上什么读书人，在借书的时候，我就想到这书很可能会有去无回。

浦锡金不当回事地拿走了这本书，显然不是觉得这本书好，不是因为喜欢这本书，才占为己有，压根就是把这事给忘了。当时真是太傻，想到会有不愉快的结果，为什么又要把书借给别人。时至今日，重新进行评价，作为那年代的一本禁书，阿克肖诺夫的《带星星的火车票》谈不上是多好的苏联小说，对我个人影响却非同小可。在这本书背面，印着“内部读物，供批判使用”字样，恰恰是因为这几个字，它成了我们当年要追逐的时髦读物。当然，与这本书差不多一起让大家追捧的，还有苏联作家爱伦堡的《人·岁月·生活》，帕斯捷尔纳克的《日瓦戈医生》，法国作家萨特的《厌恶及其他》，加缪的《局外人》，英国的《愤怒的回顾》，美国的《失望者的女儿》。

3

事实上，我当年的学生中，虽然读的是中文秘书专业，虽然很多人都表示以后要从事文学，都做过作家梦，后来真正和文学发生关系的人，几乎没有，甚至可以说一个都没有。文学只是一场春梦，文学的热情说过去就过去，大多数学生都成了官员，毕业的时候，正赶上各级政府各机关急需年轻人，于是他们应运而生，步入官场，一个个很容易地就成了国家的公务员。

浦锡金毕业，分配去区财政局，进了办公室，很快成为局长大人最信任的笔杆子，入党提拔，顺风顺水青云直上。过去这么多年，虽然在同一个城市生活，我们从未见过面。断断续续有些他的消息，都是如何得意，怎么牛，官的级别并不算太高，掌握的权力却很大，位置十分重要。据说有段时间，他逢人就忍不住显摆，见人就会问，一定会问，要不要贷点款，有没有什么好的投资项目。

上世纪九十年代中期，文学书籍没有市场，出版社追求经济效益，出书比较困难，或者说非常困难。浦锡金出过一本诗集，这本书的责任编辑小杨，正好也在编我的一本小说集，有一次谈起浦锡金，说你这位学生很牛，很厉害，抱了一堆诗稿来出版社，问能不能为他出一本书。最初没有一个编辑肯接手，结果浦锡金就直接捧着他的手稿去总编室，也不知道他在那撂下了一句什么狠话，留了张自己的名片在那，扬长而去。然后呢，然后总编把那堆诗稿交给了小杨，说你看一下，把个关，看能不能出。

小杨说："看过了，不能出。"

总编说："那就再看看。"

"不用再看，就是写得不怎么样。"

这本诗集最后还是出版了，浦锡金大大咧咧地对小杨说，现在很多人出书都要自费买书号，反正他是不会花这个冤枉钱，不过听说自己老师也要在这出书，如果需要有什么赞助，如果有困难，他可以考虑帮这忙。言下之意，如果需要的话，他可以为我，也就是他曾经的老师，掏钱买个书号。当时的出版社，对是否要出版我的小说集，正处在犹豫之中。

我对浦锡金的一些了解，基本上都是二手，都是听别人描述。他如何出轨，怎么离婚，离婚以后，又如何如何，怎么样怎么样。他的前妻沈月也是我当年的学生，他们是一个班的同学，大学毕业分配去了市政协。沈月父亲属于市领导级别，我当班主任那段时间，曾分管过我所在这个城市的公共建设。沈月长得挺漂亮，大眼睛，翘鼻子，不高的个子，性格十分外向。班上好多个男生追求过她，临了，还是浦锡金过关斩将，扮演了最后的胜利者。

沈月和浦锡金有个儿子，有一年，省里组织去苏北的兴化看油菜花，她正好是负责接待的领队之一。那时候，沈月已跟浦锡金离婚，很愿意与我这个已经成为作家的当年老师聊天，并不避讳谈自己的婚变。不只不避讳，而且还不断地要说：

“离婚不是什么大不了的事，离就离吧。”

关于浦锡金的话开了头，只要有机会，沈月会滔滔不绝说下去。

“离婚有时候就是赌那么一口气，说给别人听都不会相信，当时真要离婚的，你知道是谁，竟然是他，竟然是浦锡金。你说这事好玩不好玩，他的脑子真是出了问题，明明是他犯错，明明是他出了轨，过错方全在他，他可真是错大了，临了，一本正经想要离婚的，却还是他。”

重提往事，沈月显得很坦然，很漠然。我们坐在看油菜花的游船上，周围是一块块大小不等的金色垛田，风景如画，船娘在慢悠悠地划桨，其他的人都在拍照，一边欣赏油菜花，一边感叹发议论。沈月此时无心观赏美景，手上抓着一把油菜花，她告诉我，自己发现浦锡金出轨，纯属偶然，完全是个意外，因为根本没想到过会发生这种事，沈月说她绝对不会想到浦锡金会背叛自己。

有一段时间，单位里某个领导，总是在骚扰沈月。官场上，这样没出息的无聊小领导，并不少见，考虑到沈月的家庭背景，这家伙也可以算是色胆包天。先还只是语言骚扰，动不动故意对沈月说黄段子，渐渐地不太像话，越来越过分。最为可恶的一点，他常常当着别人的面，故意表现出他们的交往非同一般，暗示两人之间的关系不同寻常。沈月忍无可忍，干脆就跟他撕破了脸，脸一撕破，这个小领导开始处处给沈月小鞋穿。

那是她非常苦闷的一段时期，作为一名干部子女，沈月养尊处优，很少被人这么欺负。有些事情挺为难，既说不清楚，也抓不住把柄，没地方说理，打不了官司。单位里一位有过类似经历的女同事告诉沈月，遇到这种事，对付这种无聊男人，最好的办法就是让自己老公出面，将他痛打一顿。女同事老公是打篮球的，有一次来单位找小领导算账，就在电梯里，一把抓住他胸前的衣领，往上这么一顶，双脚已经离地了，然后照他眼角就是一拳。

沈月告诉我，有那么一段时间，她也真心希望，希望浦锡金能像女同事老公一样，狠狠教训一下这家伙，起码是扇他两个耳光。浦锡金是个书生，听了沈月的故事，不说无动于衷，反正也没太当回事。也就是在那段时间，浦锡金突然提出要去健身房学习柔道，这让沈月很吃惊，问他为什么，为什么会突然想到要学习柔道。浦锡金解释说原因很简单，就是为了健身，说别人送了两张健身卡，不用掉也是浪费。

浦锡金不光自己上柔道课，还拉着沈月一起去锻炼。那段时间，他们的儿子刚上小学，平时是退休的外公外婆帮着照料，沈月夫妇通常是在外面先上个小馆子，然后再去健身房锻炼出汗。是那种很高档的 VIP 健身卡，刚开始，沈月还当回事地上过几天瑜伽课，很快没了兴趣，只是在跑步机上慢步小跑，心不在焉地看看电视连续剧。

因为上柔道课，浦锡金在家也会偶尔露几手，摆出几个造型。他告诉沈月，日本人玩的柔道，看似漫不经心，其实以静制动，跟中国的太极拳道理差不多。沈月父亲退休后，喜欢国学，动不动掉书袋，听说女婿在练习柔道，便说柔道起源于中国汉朝，说汉朝有位皇帝喜欢柔道，这位皇帝的国策就是以柔道治国，柔能制刚，弱能制强，所以汉朝十分强大，在当时是世界上最厉害的国家。浦锡金对退休的老丈人，早就不像过去那么尊重，当面不敢说什么，背后冷笑着对沈月说：

“有些人就是喜欢自大，柔道这玩意儿，怎么可能起源于中国，真是笑话。”

4

沈月与浦锡金的离婚，可以说非常戏剧性，纸包不住火，她终于发现了丈夫出轨的蛛丝马迹。若要人不知，除非己莫为，不过，最让沈月气愤的是，浦锡金练习柔道，不是要为自己老婆出头，不是为了帮沈月教训那位不怀好意的小领导，只是为了要保护自己。与浦锡金有一腿的那位女士的老公，一所中学的体育老师，对太太的不忠已有所察觉，一直在扬言要与给自己戴绿帽子的男人决斗。

结果想象中的决斗并没发生，体育老师与老婆轰轰烈烈吵了一架，扇了她几个响亮的耳光，便干干脆脆把婚离了。这女人与男人离了婚，一门心思地要求浦锡金兑现承诺，依葫芦画瓢，他也应该跟老婆离婚，应该离了婚再娶她。浦锡金有些为难，很为难，他觉得自己必须要有骑士精神，要像个绅士。所谓骑士精神，就是如果人家男人找上门，要跟他打架，要决斗，他必须像个男人一样奉陪。所谓绅士风度，就是既然答应了要娶人家，就算是心里不是真的情愿，就算是想反悔，也要说话算话。

浦锡金于是要离婚，坚决要求离婚，离婚的理由冠冕堂皇——自己罪有应得。沈月父母坚决支持女儿离婚，这样的混账女婿，有多远就应该让他滚多远。沈月家没有男孩，五朵金花，个个都嫁了有出息有前途的男人。她最小，在家里也相对最得宠，老爸虽然退休失势，可是姐夫们一个个势头正旺，论头衔论级别，谁都比浦锡金更厉害。沈月母亲对女儿说，姓浦的现在用不着你爸爸了，想当陈世美，你就让他当好了，他当年追你的时候，就没安什么好心。

沈月愤愤地告诉浦锡金："我妈还说你是陈世美，她其实也是高看你了，你算哪门子的陈世美，连陈世美的边恐怕都沾不上。人家陈世美好歹还中了状元，好歹还是让人家千金小姐给看上了，你呢，就是个狗屁，就是一坨狗屎。"

浦锡金说："我确实就是个狗屁，你就把我当一个狗屁放了算了！我就是一坨狗屎，你就把我当狗屎给厕掉吧。"

沈月说："你确实是个狗屁，你确实是坨狗屎。"

沈月说："浦锡金我就跟你把话挑明了，你不是什么陈世美，我当然也不是秦香莲，我不仅不是秦香莲，更不会是什么'陈人美'，知道什么叫'陈人美'吗，你不要摇头，我告诉你，就是要专门成人美事，我告诉你，我不是雷锋，我不会成全你的，你想都不要想。"

沈月打定主意不跟浦锡金离婚，她告诉他，自己之所以会这么想，会这么做，只是因为她已经不爱他了，如果是爱，如果还爱，她会立刻撒手，会立刻成全他。可是她现在不爱了，爱已随风而去，爱悄悄溜走了，所以偏要跟他作对，就要为难他，就是不成全他，就是不离婚，就是要存心耗他，耗死他。性格倔强的沈月从来不是什么省油的灯，她主动给那女的打电话，约她到外面喝茶，谈话，把该说的话全都挑明了。

浦锡金在这场离婚大战中筋疲力尽，一个死逼着要离婚，一个誓死不离，离和不离都好像是在赌气，都好像是在说气话。一个说，最后跟不跟我结婚无所谓，只是你答应我的，说好大家一起离婚，现在我真的离了，你必须也要离。另一个说，谁都在劝我离婚，我们家上上下下，如今都跟你一样，都恨不得让我能够立刻同意离婚，偏偏我这人就这毛病，不听劝，就是这样跟别人不一样，大家越是要我离，我就越是不离，坚决不离。有一天，大家都不希望我离婚了，都劝我不要离婚的时候，我呢说不定，说不定就会跟你离。我告诉你，在这点上，我沈月就是要和别人不一样。

沈月真是说话算话，真是说到做到，等他们的儿子考上了一所好初中，看上去很多事都已经过去，都已经风平浪静，沈月突然与浦锡金离了婚。说离就离了，完全出乎大家意料。没人会想到这样的结局，浦锡金没想到，他出轨的那个女人没想到，沈月的家人没想到，甚至沈月自己也有些稀里糊涂。

沈月跟我详细解释，她当初是因为不爱，因为怨恨，所以没有与浦锡金离婚，因为不爱和怨恨，她要故意拖着他，就是不想让他称心。后来，后来就没什么感觉，已经无所谓不爱，无所谓怨恨。反正儿子也上初中了，大家这样拖下去真没什么意思。于是就选择给儿子过生日那天，大家一起上馆子，一起去逛公园，一起去新华书店给儿子买书，最后还一起看了一场电影，最后，她对浦锡金说：

“我们分手吧。”

人们经常会说，恋人为了爱而结合，为了不爱而分手。他们的故事恰恰相反，沈月说，她是因为突然又有了一点爱，只是又有了那么一点点爱，才决定放手。因为爱，沈月决定放手；因为爱，沈月决定给浦锡金自由。她一放手，浦锡金便与出轨的那个女人结婚了，水到渠成，想不结婚都不行。故事就此留下了许多空白，说不清楚，他官场上继续得意，离开区财政局，去市委组织部，又去了纪委。当过纪检组副组长，专门清查别人的事。有人说他很快又离婚了，有人说还没离婚，只不过暂时分居。离婚也好，暂时分居也罢，总之谈不上有多好，有多么幸福，反正最后还是要离的。

因为有个儿子，为了儿子学业，浦锡金和沈月偶尔也会有些来往。那个女人可没有沈月的气量，不止一次找上门来，还很凶猛地吵过一架。沈月有气量，可也不好惹，为了气她，有时候故意要和浦锡金通个电话，故意要捣捣蛋。再后来，沈月也结婚了，对象是名心理学主任医生，九三学社委员，市政协常委，有身份有地位。结婚以后，沈月和新老公商量，请浦锡金夫妇吃了一顿饭，地点就在金陵饭店。

沈月的新老公叫吕佳路，这位心理学方面的专家很能聊天，吃饭期间，差不多都是他一个人在发表议论，听说浦锡金先是在财政局，以后又到组织部，最后又到巡视组，感到很好奇，说你干的这些个工作，都可以算是有权有势，很厉害的，非常非常厉害，很了不起。

浦锡金十分谦虚地回了一句："有什么厉害不厉害，谈不上了不起。"

"财政局，组织部，还有巡视组，怎么能说不厉害呢？厉害，绝对厉害。"

两个男人毫无芥蒂，很随意地聊着天。两个女人心里还有隔阂，余恨未消，无话可说，就听这两个男人聊天。浦锡金他说当年去组织部，也是觉得财政局太那个，成天跟大笔的钱打交道，权力太大，风险太大，太容易出事。到组织部同样是重要单位，管干部嘛，让他负责纪检，有段日子经常喝酒，半斤八两绝对没事，但是要说受贿，是真的不敢，毕竟这个那个见多了，见到太多的人出事，看到太多的官员双规。再以后抽调到巡视组，见的更多，更害怕，老实跟你说吧，现在是连吃吃喝喝都不敢了，绝对不敢，都说出事只是万一，是万分之一，可真要出了事，就是百分之百,一出事一双规，全都完蛋，好日子立刻到头。

5

上世纪八十年代初期，我写过一个短篇《傅浩之死》，刊登在一本油印的民间刊物上。那是个文学十分火热的年代，很多人都在写小说，记得我当班主任时，曾经给同学们转阅过这本油印刊物，可能是我发表的第一篇小说。小说情节依稀还有些印象，“文化大革命”中一个被人检举的“现行反革命”，因为恐惧，选择了自杀，他跑到了悬崖上，在跳崖自杀之前，对着赶过来看热闹的观众，把检举他的人，把迫害他的造反派，把自以为是的“工宣队”，骂了一个痛快，骂了一个淋漓尽致。没想到最后这个现行反革命却被救了下来，因为痛痛快快发泄过一通，别人害怕他要寻死，不敢再批判，结果呢，他也就不想死了，快快乐乐地活了下去。

前面说过，我所了解的浦锡金，基本上都是二手，都是传说。除了沈月说的那些，当年的同班同学，特别喜欢转述跟他有关的故事。学生们见了我这位当年的班主任，话题不是回忆，就是同学现状。说起大家现在的生存状态，浦锡金最容易成为话题中心。同学少年多不贱，五陵衣马自轻肥，他可能是混得最好，混得最阔，混得最有能耐，而且也是最有故事的。关于他的传闻很多，大都是不太好的，尤其是他自杀未遂以后，有人说他身上光是高尔夫会员卡，就有好几张，这种会员卡据说每张都能值一百多万。还有人说他有女人缘，除了沈月说的出轨的那位，还有好几个，其中有一个还是某高官的什么人。

浦锡金出事和双规的负面消息，时有耳闻，仿佛有特异功能，他总是可以轻易摆脱，毫发无损。当然，也可能从来就没有过真正的什么事，所谓传闻，不过都是子虚乌有，都是些不太靠谱的八卦。真相究竟如何，说不清楚，凡事必须以事实为依据，以法律为准绳。作为一名小说家，我有时更喜欢八卦，更愿意相信传闻，事实上，最让人想不明白，也是最奇怪的一点，不是怎么最后还进了巡视组，当上了副组长，是他会在这个重要的位置上，非常戏剧性地自杀过一次，仍然还是安然无恙。

根据心理学专家的观点，每个人的心理都会有些问题。浦锡金人生传奇的最高境界，就是他的自杀表演。别人看来很奇怪，医学上解释却很典型，是属于标准的抑郁症。具体的症状，刚开始只是失眠，晚上迷迷糊糊睡着一会儿，就再也没办法入眠。能吃的安眠药都试过，大把大把吞服中药，最后不得不向沈月老公吕佳路求助，这个病正好对症，吕医生是非常职业的心理医生，他给出的结论很简单，你这个就是抑郁症，就是要吃治疗抑郁症的药，不仅现在要吃，而且很可能是终身要服药。

于是浦锡金所经历的自杀表演，竟然与我当年写的小说情节不谋而合，既有惊人的相似，又更戏剧，更荒唐，关键是毫无预兆。他开始很虚心地听吕佳路医生的话，开始定时服药，药物也开始起了作用。吃了一段时间药，自作主张地停了，他觉得已没问题，已不怎么失眠了，可就是觉得没问题的那段日子，突然又出了问题，出了一个很不小的问题。

有一天，浦锡金毫无征兆地突然跑到沈月单位，直截了当对她说，我们还是复婚算了，我想来想去，觉得我们两个做夫妻最合适。他是在上班的时候忽然有了这么个想法，想到了就立刻做，放下手上的文件，出门拦了辆出租车，直奔沈月所在的政协。沈月被他说得摸不着头脑，说你肯定疯了，真的是有神经病，我们都到了这一步，还复什么狗屁的婚，你是不是脑子又出了问题。

两人你来我往地说了没几句，浦锡金就说：

“信不信，如果你不答应，我立刻从楼上跳下去，我立刻跳下去，信不信?”

沈月单位在四楼，四楼不算高，跳下去却足以送命。浦锡金说自己要像大鸟一样飞下去，像大鸟一样展开翅膀。沈月说，你他妈到底想干什么，不要开玩笑好不好。浦锡金很严肃地说，我不想干什么，没有开玩笑。沈月又说，难怪吕佳路说你脑子出了大问题。浦锡金说有什么大问题，一点问题也没有，我就是想飞，就是想飞翔，一个人想飞又有什么错。说话间，跑到了过道尽头，那里有扇窗户，他跨了上去，一条腿放在窗外，做出了要往下跳的模样。

然后头朝下，展开双臂，像大鸟一样栽了下去。事发太突然，太快，谁都来不及反应。看到的人都目瞪口呆，因为是头朝下，应该必死无疑，应该没有任何生还希望，然而命不该绝，他在空中神奇地翻了个跟头，横摔在一棵桂花树上，跌断了几根肋骨，摔折了一条腿，摔断了一条胳膊，脾脏破裂。那棵桂花树非常巨大，有很大的树冠，正是开花时节，整个政协大院都是刺鼻的香味。

过道上有监控，楼角上也有监控，整个过程都被清晰地记录下来。浦锡金开始若无其事出现在四楼的过道上，去敲沈月办公室的门，沈月出来，两人在过道上说话，很平静，他们身边还有人不断走过。沈月好像是批评他，浦锡金突然转身，跑向过道尽头，跟玩似的跨上了窗台，沈月追了过去。

6

与浦锡金一起在秋日的江边散步，他的腿受过伤，走路有些蹒跚。总是有种预感，他会主动跟我谈谈自杀未遂。有几次，感觉话已到嘴边，就要说起这个事了，又活生生地把话咽了回去。关于他的自杀，有各种稀奇古怪的传言，说什么的都有。然而没人说得清真相，所谓真相，有时就是人云亦云，就是流言蜚语。真相是罗生门，真相根本不存在。我知道，就算是浦锡金愿意跟我谈，仍然也不会是什么真相。

我想到浦锡金在学生时代，曾经喜欢诗歌，曾经写过诗，一起散步时，随口问他，与南京的诗人有没有什么交往，结果没想到，他很傲慢地回了一句：

“南京有诗人吗？”

他的话让我语塞，因为不久前，我们曾谈到过当下的文学，浦锡金也是毫不客气，奚落说：

“中国有文学吗？”

中国有文学吗，这句话让人无地自容，让人不寒而栗，让人欲哭无泪。

天气越来越冷，北风凛冽，寒冬开始了。我依然保持去江边散步的习惯，雷打不动。浦锡金却不再出现，他的消逝，跟他的出现一样，来得很突然，去得也很突然。曾经挂满金色叶片的银杏树，现在只剩下它的躯干，孤零零站在那儿，黑乎乎的，硬邦邦的枯树枝，仿佛无数戳向天空的手指。江边风大，几乎没人，这里是每天工作后散步的目的地，也是掉头回家的转折之处。我已经习惯在这儿伫立，在这儿沉思，围绕银杏树绕上几圈，摘下棉手套，拍打它古老的身躯。我在倾听也许根本就不存在的回响，我似乎又听到了自己曾经喜欢的那首诗的结尾：

五月麦浪的翻译声，已是这般久远
树木，望着准备把她们嫁走的远方
牛群，用憋住粪便的姿态抵制天穹的移动……

二〇一九年十二月十三日　三汉河

寒风中的杨啸波

1

十四岁的杨啸波，站在凛冽寒风中，不停地哆嗦。天气很冷，突然就冷起来，没穿羽绒袄，东北风一个劲地呼啸，他冻得够呛。父亲老杨在家中匆匆待了三天，马上又要离开了，这一去，也不知道要去哪儿，不知道猴年马月才能回来。过去的这三天，老杨一直板着脸，几乎没跟妻子雨芳说过一句话，他们夫妻俩一直在赌气，在冷战。

等公共汽车的时候，老杨看着冻得直抖的儿子，叹了口气，意味深长地说："小波，爸这次回来，就是想看看你。"

老杨很少回家，若是回家，用他的话说，也就是为了看看儿子。

杨啸波问老杨："爸，你是不是外面有了女人？"

老杨不回答，杨啸波不依不饶追问了一句。

老杨说："儿子，爸也不瞒你，过去有过，现在没有，绝对没有，以后有没有，不好说。"

公共汽车迟迟不来，在这城郊接合部，公共汽车什么时候能来，永远也说不准。父子俩站在寒风中，一时语塞，有些话说不下去，有些话说不出来，最后还是不说最好。过了一会儿，老杨又重重地叹了一口气，说自己做生意破产，现在外面欠一屁股债。他说人生一世，活一辈子，总归会上上下下，总归会好好坏坏，我当初也不是没赚过钱，来得容易去得快，要说我赚的那点钱，早都让亲亲戚戚给掏空了，不说别的，就你舅舅应该把我的钱给还出来，你爸我说不定就已经东山再起了。

又是一阵无语，杨啸波看着父亲，几年不见，老杨看上去苍老了许多，已经开始有白头发。他问父亲，你到底有没有做过对不起我妈的事。老杨说，这个事我怎么跟你说呢，真要说也是你妈不好，她先对不起我的，是她先做了不好的事，是她不想过了，不想把这个家维持下去。类似的车轱辘话，杨啸波听母亲也说过无数遍。他们都把过错归罪于对方，都认为是对方不对，都认为是对方对不起自己。

送走了父亲老杨，杨啸波一整日都闷闷不乐。母亲让他去李叔家，让儿子去还一本洗衣机的使用说明书，他不愿意去，最后还是很不情愿地去了。李叔的女儿叫李涵芝，穿着一件大红的羽绒袄，看到他，噘着嘴说你来干什么。杨啸波气喘吁吁，说有事要找李叔，来还洗衣机说明书，说是他妈叫他来的。还要让李叔去一趟他家，李涵芝一听这个，心里就不太乐意。杨啸波知道她为什么不乐意，他心里也不高兴。李涵芝憋了一会儿，气鼓鼓地说他母亲没安什么好心。杨啸波说你怎么知道我妈没安好心，李涵芝脱口说你妈就是个狐狸精。“狐狸精”三个字很刺耳，杨啸波原来是有些喜欢李涵芝的，大人的事，小孩子也管不了，管不了就不要管。李涵芝突然冒出的这几句话，让一直有点闷闷不乐的杨啸波更不痛快，立刻恼羞成怒。

杨啸波突然决定不再喜欢李涵芝，不仅是不喜欢，而且产生了一种要捉弄和报复她的心理。

杨啸波说：“你凭什么骂我妈？”

李涵芝反问了一句：“我骂她什么了？”

“说她是狐狸精。”

“她是不是狐狸精，你还不知道！”

杨啸波低着头走了，心头有一股怒火。到了黄昏时分，李叔如约前来，到了他家。杨啸波知道他会来，肯定会来。去汽车站送父亲回家，雨芳问儿子，你爸背后跟你说了什么。杨啸波没好气地回了一句，没说什么。雨芳就说要没说什么才怪呢，他那个狗嘴里，吐不出什么象牙。等到儿子从李叔家返回，雨芳又问李叔说什么了，杨啸波仍然回答没说什么，没见着人。雨芳看出儿子的不乐意，说上午送你爸，肯定跟你说了什么，他肯定又在背后说我坏话。杨啸波不吭声，雨芳又说你爹没问你什么话，就没问问家里情况，对这个家，他就一点都不关心。杨啸波板着脸说问了，雨芳便追着问，问了什么。杨啸波说他问你妈在家怎么样，老实不老实。

“你怎么说呢？”

“我说什么，没什么好说的。”

“什么叫没什么好说的，不要听别人瞎说那些没影子的事。”

“我没听见别人怎么瞎说。”

“没听见就好。”

李叔总是说来就来，来了就赖着不走，留下来吃晚饭，还嚷着要喝点酒。一边喝酒，一边与雨芳说话。雨芳让杨啸波赶快吃，吃完饭，回房间做功课，李叔对着雨芳表扬杨啸波，说听我们家小芝说，你们家小波学习不错，一直是班上的第一名。雨芳说，也不能说他总是第一名，有时候也会不行的，上一次就没考好。李叔继续夸赞，说再不行，再不好，也还是厉害，你儿子成绩要比我们小芝好多了。

杨啸波吃完饭，便去做功课。也不是真想做功课，只是想早点离开饭厅，离开眼前这两个人。他知道母亲和李叔现在是怎么想的，他们也都巴不得他赶快离开，越快越好。回到自己房间，耳朵里依然有外面的声音，他能够感觉到雨芳的兴奋，只要和李叔在一起，她必定有说有笑。杨啸波不想再听他们的声音，打开电脑，套上耳机，开始播放音乐。

外面继续说笑，雨芳到儿子房间看了一眼，送了两个剥好的橘子进来，看见杨啸波已在做功课，便在他头上捋了几下，然后出去跟李叔说话。杨啸波不在了，她就开始更放肆，更肆无忌惮。直截了当地问李叔前前后后，究竟有过多少女人。李叔笑嘻嘻地说，你别听别人瞎说，都是瞎说，我哪会那样呢。雨芳说怎么样，李叔说就是跟别的女人，没有那些事。雨芳说我就是再傻，也不会相信，你就只有我。李叔乐滋滋笑了，说这个呢，我也不能瞒你，过去是有过别的女人，自从跟你好了，我发个誓你相信不相信。

雨芳说：“好吧，你就发誓。”

李叔说：“好，我真的发个誓，我要是还那样的话，就不得好死！”

雨芳说：“把话说清楚了，什么叫那样的话，到底是怎么样？”

李叔说：“好吧好吧，就是说清楚，我要是再跟别的女人有一腿，不得好死，这可行了吧。喂，我说喂，怎么样，你都听见了没有？”

雨芳说我听见了，鬼才相信呢，狗改不了吃屎，你会没有别的女人。李叔说当然，这别的女人，我老婆不能算对不对，公粮有时候还是要缴的，这些年，我都在你这里偷税漏税了。雨芳说不出是满意，还是不满意，说你到这时候，嘴还是贫，你就会嘴贫。李叔说我是不是把话说反了，在你这儿才算缴公粮，我老婆那里，那应该是偷税漏税。雨芳说你还嘴贫，李叔说不是我嘴贫，是你太火烧火燎了，自己男人刚走，就急吼吼地叫我过来。雨芳说你放屁，我什么时候叫你了。李叔说还说没有，谁今天让儿子去我们家了。

雨芳说：“去你们家怎么了？”

李叔说：“还怎么了，你说呢？”

2

从十四岁那年开始，杨啸波做出了一个决定，要捉弄和报复李涵芝。他不知道怎么捉弄，不知道怎么报复，这念头突然产生，一旦产生就不可阻挡，隐隐约约从此没离开过。那时候，很多事似懂非懂，说明白都明白，说不知道都不知道。对于雨芳，老杨管不住妻子；杨啸波这做儿子的，拿母亲也没办法。李叔显然不是个好东西，李叔显然是个坏男人。李涵芝是李叔的女儿，与杨啸波一样，他们本来都是无辜的，大人的事与孩子无关，但是她竟然会说杨啸波他妈是狐狸精，那就不再是无辜，不是没有关系，情况已经发生了变化，性质变得有些严重。杨啸波觉得自己必须要有所表示，必须要做出回应。他觉得自己如果能捉弄李涵芝，能惩罚一下她，就相当于在报复她爸。在当时，这好像也是杨啸波唯一能做的事，远比偷偷去砸他家玻璃窗更靠谱。

杨啸波此前还真这么干过一次，那是第一次听老杨说要离婚，父亲一本正经地让儿子选择，让儿子回答这个非常头疼的问题：老杨和雨芳离婚，他是跟老杨，还是跟他妈雨芳。杨啸波说我谁也不跟，我不要你们离婚。老杨恨恨地说，我看你还是跟你妈吧，她肯定抓住你不放。杨啸波非常伤心，立刻大哭了一场，当晚就跑去扔石头。李涵芝家在三楼，一连扔了好几块，只有一块砸中目标，碎没碎不知道，只听到咣当一声，吓得赶快落荒而逃，跑得比兔子还快，好像已经有人看见他了。

杨啸波初次见到李涵芝，是小学三年级，在此之前，他们并不认识。那时候，他家遭遇到了拆迁，搬到了现在的市郊接合部。很大的一片小区，高楼林立，专门用来安置城市重新规划的拆迁户。李涵芝家早在一年前就迁过来了，那时候，雨芳与李叔已认识，所以选中这个小区，也是听从李叔的建议。老杨在忙自己的生意，往哪拆迁，选什么样的户型，从不过问，都是女主人雨芳在做主。李叔说要选三楼，李叔说要选东边户，于是选了三楼，选了最东边一套房子。

然后就是搬家，就是转学，杨啸波与李涵芝同一所学校，同一年级，不在同一个班。李叔带女儿到杨家做客，两个小孩子很自然地玩到一起去了，她喜欢跟他玩，他也一样，两人在一起玩得很开心。刚开始，关系很正常，两家经常走动，到你家包饺子，到我家涮火锅，两位女主人好得跟闺蜜一样，两个孩子也成了一起成长的好朋友。李叔十分热心，什么事都过问，什么事都帮着出主意。雨芳呢，恰恰相反，什么事都问，什么事都要李叔拿主意。渐渐地，正常便有些不正常，说出事就出事，应该做的事，不应该做的事，全有了。李叔老婆开始不乐意，开始吃醋，开始给雨芳脸色看。雨芳不敢再轻易去李叔家，有了事，就叫儿子过去招呼一声。到后来，两边家里开始吵架，吵得不可开交，刚开始干仗，也都瞒着自己孩子，都不最后撕破脸。

最后还是把脸撕破了，最后干脆也不再瞒自家孩子。因此，当李涵芝嘴里冒出“狐狸精”这几个字，杨啸波愤怒了，真的是彻底地愤怒了。他恨李叔，恨李叔夫妇两个，当然也恨他自己的母亲雨芳。杨啸波与李涵芝关系一直都挺好，从一开始，他就有点喜欢她；她呢，好像是更喜欢杨啸波。小学虽然不在同一个班，大家都知道他们是好朋友，都知道他们两家像亲戚一样。升了中学，两人干脆又是同一个班，成了一个班的同学，天天都要见面。很长一段时间，双方大人这种关系，两家都在闹别扭，他们作为无辜的孩子，都能够装作没事一样。大人吵大人的，他们照样玩他们的，现在既然李涵芝开始站队，口出恶声，说杨啸波他妈是狐狸精，首先把那层遮羞的窗户纸捅破了，杨啸波也不应该示弱，也应该有所表示。

第二天到了学校，下课期间，李涵芝正和一女生在过道上说话聊天。杨啸波从她们身边走过，那位女生五短身材，生性活泼，当初恰恰是通过李涵芝的介绍，是因为她的关系，才与杨啸波熟悉，看他走过来，主动与他招呼。杨啸波立刻热情响应，跟她扯东道西，非常热情，故意不看李涵芝，好像根本就不认识她。李涵芝见他竟然这样对待自己，竟然这样目中无人，而且还是当着其他女生的面，也把头扭了过去，也做出不理不睬的样子。她越是这样，杨啸波就越是来劲，故意与那位女生有说又有笑，又动手又动脚，仿佛他们之间的关系，已经非同寻常，他和她的熟悉程度，已超过和李涵芝的友好关系。不仅如此，杨啸波还故意演戏，装模作样，压低了嗓子说话，似乎自己与这位女生之间，还有着不能让旁人知道的秘密，是可忍，孰不可忍，受到冷遇的李涵芝因此很愤怒，她狠狠地瞪了杨啸波一眼，扬长而去。

最初的剧情也简单，就是双方简单的不理不睬。杨啸波和李涵芝的语文老师叫刘亦艾，一个热心的文学青年，考大学前，参加过上海《萌芽》举办的“新概念”作文大赛，得了二等奖。师范大学毕业，当了中学语文老师，喜欢写作之外，她的最大心愿，是想让自己学生也能在类似的作文大赛中获奖，起码像她那样，拿到一个好的名次。刘亦艾组织了一个春苗文学社，杨啸波和李涵芝都参加了，李涵芝是她最看好的学生，文笔非常好，是她觉得最有可能在作文大赛中得奖的同学。

除了对李涵芝刮目相待，刘亦艾也很喜欢杨啸波，杨啸波属于那种能够全优的学生，语文数学外语，物理化学包括体育，门门功课都好。他是成绩排名靠前的尖子生，让杨啸波进文学社，是因为同年级的好多女生都喜欢他，他这样受欢迎的男生进入文学社，文学社人气立刻就旺了。刘亦艾注意到这两个人在闹别扭，悄悄地问杨啸波，问他为什么现在对李涵芝不理不睬，你们原来关系不是挺不错的嘛。杨啸波便耍滑头，装委屈，说我也不知道为什么，反正是她不愿意理我的，她不搭理我，我又怎么能搭理她呢。刘亦艾又悄悄地问李涵芝，李涵芝一脸不屑，不说话。

刘亦艾便说："你是不是有点喜欢他。"

李涵芝说："我怎么会喜欢他，我根本就不喜欢他，我怎么可能喜欢他。"

刘亦艾觉得李涵芝这么回答，显然是有些喜欢杨啸波。女生喜欢杨啸波很正常，作为老师，她不赞成学生早恋，然而内心深处，其实也不特别反对，恋爱是人的天性，有些事拦不住的，拦不住就不用去拦。杨啸波不只学习成绩好，用时髦的流行语说，还很小鲜肉，很男神。刘亦艾老公也是中学老师，教高中，是体育老师，喜欢打篮球。十年以后，刘亦艾陪老公看 NBA，看到 NBA 的中方代言人蔡徐坤，觉得这个人脸很熟，很像她当年的学生杨啸波。

刘亦艾对老公说："他太像我当年的一个学生。"

刘亦艾老公顿时一脸不乐意，说现在社会风气怎么会这样变态，女人都怎么了，动不动就喜欢小鲜肉，动不动就喜欢小白脸，一个个娘里娘气，你说就这模样，怎么打篮球，光长得漂亮有什么用。刘亦艾无话可说，她心里却在想，自己当年能看中老公，说白了，也是看他长得还说得过去，还算帅气，除了帅，她老公也没什么更优秀的地方。俗话都说郎才女貌，好像女人只可以爱男人的才，男人呢，都是喜欢女人的漂亮，为什么就不能颠倒过来，为什么女人就不可以在乎男人漂亮不漂亮。

为了在大赛中获得好成绩，刘亦艾对李涵芝进行了特别辅导，她有一篇打算去参加中学生写作竞赛的作文，内容是写一个不起眼的男生，长得也不算特别好看，女生都不喜欢他，可是偏偏有个女生，愿意去关心和帮助他，所谓关心，所谓帮助，其实就是描写了一种朦胧的爱。刘亦艾就和李涵芝讨论，问她为什么会这样写，为什么这位女生会愿意要去关心和帮助一个不起眼的男生，为什么呢，一个不漂亮的男生，成绩又不好，又没有什么突出之处，你真会喜欢他吗。理由是什么，你应该写出理由，必须要有能说服人的生动例子，要能把他的可爱之处写出来，否则就不真实。真实是什么呢，真实就是大家都会喜欢成绩好长得帅的男生。举例来说吧，像杨啸波这样的同学，像他这样的男生，也许他人品并不好，可是他学习成绩好，人又长得帅气，体育也不错，女生喜欢他就会很正常，不是吗。

李涵芝脸顿时红了，红得发紫，不说话，好像是很生气，好像是不同意，小嘴噘了起来。

刘亦艾说："写作文，你要把喜欢和不喜欢一个人的理由写出来。"

因为提到了杨啸波，刘亦艾注意到李涵芝很有些不乐意。她注意到李涵芝的嘴角又情不自禁地撇了一下，仅凭这个细微的小动作，她更有理由相信，李涵芝喜欢杨啸波，杨啸波那么帅的男生，女生要是不喜欢才怪呢。

3

杨啸波和李涵芝最后一起升入了本校高中；升入本校高中可不是件容易事。九年制义务教育规定，学生必须就近入学。他们所在学区，初中免试可以进去，高中要考，虽然从本校升上去，有加分优惠，然而比例并不高。高中部是名校迁过来，全市重点中的重点，不是出类拔萃者，就读不了，大部分初中部的同学，直升不了这所高中。

杨啸波成绩好，排名总是靠前，直升高中应该没有问题。李涵芝的班主任朱老师是数学老师，与家长谈话，直截了当地告诉李涵芝父母，有些同学，譬如你们熟悉的杨啸波，他这样的成绩，肯定可以直升，然而像李涵芝目前这样，就有些悬了，努力一下，会有希望，稍稍有点松懈，就一定会被淘汰。朱老师要李涵芝父母意识到问题的严重性，现如今的残酷现实就是，进入一所好高中，远比考大学更难，也更重要。朱老师告诉李叔夫妇，不妨向他们熟悉的杨啸波家长咨询一下，问问人家，为什么他们的孩子成绩会始终不错，中间肯定有什么窍门，据她所知，好像也是请了什么家教的。

朱老师这么暗示，是觉得他们两家关系不错，并不知道已发生了这个那个。从学校回去的路上，李叔不吭声，李涵芝母亲气不打一处出，说你为什么不能问问那个女人，她是怎么给儿子请家教的。李叔说这个我怎么问，我现在跟她已经没什么联系。李涵芝母亲说我要是相信才真是傻呢，为了女儿，你问一问又怎么了。李叔叹气，说我们是真的没有联系，你不要逼我好不好。李涵芝母亲脸憋得通红，说我现在是不管你们有没有联系，我只是为女儿的升学着急，你们联系不联系，跟我没关系，我也不在乎。她说你为了女儿，跟她打个电话又怎么了，你就打个电话问问。

回到家，两人还为这事纠缠、吵架，李叔又是诅咒，又是发誓，而且也都不瞒着女儿。考上一所好高中，显然是太重要的事；这年头，没有什么比这更重要。李涵芝母亲为女儿的成绩着急，一个劲地死逼李叔，李叔一个劲地推卸。

一个说："我不打，这电话我不可能打。"

另一个说："必须得打，为了女儿，你就得打。"

说到后来有些不像话，李叔被逼得无路可走，说要打就你打，李涵芝母亲说你这是什么话，这还是人话吗，竟然要我给你的姘头打电话。李叔说你看你，怎么能当着女儿的面，这么说话呢，你这么说，这个电话我更不能打了。到最后，李涵芝母亲急了，说好吧，你既然死活都不肯打这电话，不敢打，大不了就是我来打，你不要以为我不敢。

结果李涵芝母亲还真的就给雨芳打了电话，这个电话打得很有勇气，很出其不意，接电话的雨芳一下子就蒙了，做梦也想不到对方会这样做，会为了女儿给她打电话。可怜天下父母心，为了孩子，为了女儿，李涵芝母亲竟然会硬头皮给自己打电话。雨芳不禁有些感动，有些感慨，也更有些歉意。李涵芝母亲开门见山，说我还是直截了当地说吧，你跟我家男人的事，我们以后再计较，我们以后再算账，你们爱怎么就怎么，想怎么样就怎么样，眼下最让我着急的，是我们家小涵的考高中，这是个大事，比什么都重要。

雨芳不吭声，李涵芝母亲气急败坏地说了一阵，有点说不下去。她这么一停下来，雨芳也不知说什么好，不知道应该怎么接，立刻有点冷场，气氛顿时尴尬。过了一会儿，雨芳说：

“上高中确实是件大事，我也在为我们家小波担心。”

“你儿子那么优秀，你还担心什么？”

“这个事，没最后定下来，都不好说的。”

于是两个女人为了自己孩子的考高中，竟然放弃前嫌，很认真地进行了一番讨论。雨芳告诉对方，李涵芝的班主任说得不错，自己儿子成绩好，当然是与有好的家教有关，现在小孩的成绩，要想好，请了家教不一定有用，不请家教肯定不行。现如今的这社会，花钱不一定行，不花钱肯定是不行的，教育有时候就是真金白银。她告诉对方，自己有个小学同学正好做这个事，有一个非常好的补习加强班，收的都是尖子生，对提高考试成绩绝对有帮助，杨啸波就是因为上了这个班，才保持了那么好的排名。李涵芝母亲听了，让雨芳无论如何要帮这个忙，无论如何都要想办法把她家小涵加塞到这个班上去，花多少钱都可以。

"钱不是问题，这个班都是好学生，收费也不算特别高，"雨芳有些担心，"老师也都是最好的，就怕你们家小涵会跟不上——不过小涵很聪明的，我看没问题。"

"跟不上，也要上，总比不上好。"

"那是一定的，到这时候，钱就应该花在刀刃上，这时候不用钱，什么时候用呢，考高中这件事实在是太关键了。"

"我也是这么想。"

接下来，李涵芝在自己母亲安排下，通过杨啸波母亲雨芳的介绍，还真就去上了这个补习加强班。市教育局对课外补课有严格规定，不允许增设任何补习班。然而规定只是规定，只是红头文件，只是摆设，能不能严格执行，大家买不买账，又是另外一回事。事实证明这个补习班还是非常管用，有没有课外辅导的家教，果然大不一样，一开始，李涵芝也有点跟不上，毕竟高手如林，都是成绩好的尖子，强中自有强中手，但很快年级排名往前走了，进步十分明显。

学校进行摸底考试，杨啸波毫无意外地进了前五，李涵芝从排名二百多甚至更靠后，居然进入前八十。这可是她有史以来的最好成绩，然后就一直在这个排名前后徘徊，好的时候进入过前五十，差一点也就是刚跌出一百，最后如愿以偿，直升进入本校高中部。

4

李涵芝第一次去补习班，和杨啸波一起去的。雨芳和杨啸波已在接头地点等候，李涵芝推着自行车与她母亲一起到达，到了以后，两个大人互相招呼，说了几句什么，就让李涵芝跟杨啸波一起骑车去上课。临分手，雨芳怕儿子肚子饿，给他准备了一根香蕉，一盒牛奶，同时也为李涵芝准备了一份，让他们课间休息时吃。李涵芝母亲看了有点不好意思，说你想得真周到，我怎么就没想到也给孩子准备一些吃的。雨芳说小孩子正长身体，容易肚子饿。

一路上都没话，快要拐弯了，杨啸波就回头看李涵芝一眼，她立刻心领神会。反正一路都跟着他就是，上课时，他们坐在一起，仍然是不说话，下了课也不说，仿佛不认识。以后很长一段时间，也是各上各的课，虽然总是坐一起，仍然不说话不交流。升入高中，两人变成了在一个班，刚开始，也还是不说话不交流，上课下课走在路上，跟不认识一样。李涵芝知道杨啸波是为当年自己说过的那几句话生气，知道他一直在为这几句话耿耿于怀。但是她不想道歉，她为什么要道歉，李涵芝知道杨啸波跟自己一样，她不想原谅他母亲雨芳，他自然也会在心里记恨她父亲李叔。

终于有一天，李涵芝对杨啸波主动开口说话，说我们一直这样假装不认识，真是没意思，太假了。当时教室里只剩下他们两个人，她说除非我们想一辈子不说话，一辈子不理不睬，否则这样假装不认识，很无聊，太做作。杨啸波很快乐地笑了，说我也觉得是这样，也觉得这样很无聊。其实他早就想开口，早就想跟她说话了，他怕她不理他。

李涵芝说："你觉得我会不理你吗？"

"我觉得会。"

"那好吧，我就不理你。"

从此烟消雾散，从此风调雨顺。这个小别扭，一闹差不多将近三年。两人关系迅速升温，很快成了无话不说的好友。中学生早恋很普遍，到高中阶段，男生也好，女生也好，身后没有异性追求，是很没面子的事。杨啸波长得白净漂亮，学习好体育又好，对他有想法的女生很多，是大家心目中的男神。李涵芝当然也有几个给她写情书的男生，那几个家伙都不怎么样，她不仅不喜欢，而且很失落，因为追她的男生都太次，太差劲，有时想想，比没人追还没面子。

李涵芝跟杨啸波什么都说，开诚布公，谁给她写情书，谁又送她什么。事实上，对自己有意思的那些男生都不怎么样，说明她在男生心目中，也不怎么样，起码是不够出色。都说王八配乌龟，半斤对八两，李涵芝觉得自己挺失败。杨啸波从来不说谁喜欢他，问他也不说，李涵芝听别的女生说有谁喜欢他，谁给他送过礼物，谁还给他写过情书，便问有没有这事，他一概不置可否，坚决不正面回答。李涵芝说，你还真是守口如瓶，要是我给你写过情书，你是不是也不会跟别人说。杨啸波说，你才不会给我写情书呢。李涵芝说我是说万一，杨啸波说根本不存在这个万一。

“万一有这个万一呢？”

“没有这个万一。”

“好吧，我们现在就来让这个万一，真的变成一个万一。”

李涵芝从作业本上撕了一张白纸下来，用签字笔在上面画了几个大字：

“杨啸波，我喜欢你！！”

杨啸波说你不要开玩笑，不要开这样的玩笑好不好。这情境仿佛又回到十四岁之前，又回到了李涵芝骂雨芳是狐狸精之前，那时候，他们两小无猜，整天打闹。李涵芝是个生性活泼的女孩，她总是喜欢欺负和捉弄杨啸波，杨啸波也喜欢被她欺负，被她捉弄。现在，他伸出手去，想抢那张纸，差一点就抓到。李涵芝笑着说，这张纸不能给你，给了你就说不清楚了。杨啸波于是便放弃，做出无所谓的样子；李涵芝放松了警惕，他突然伸出手去，一把将那张纸条抢了过来。李涵芝急了，扑在他身上，又把纸抢回来，然后撕得粉碎，然后像撒雪片那样，往杨啸波脸上扔。

谁也说不清楚这两个人，从什么时候开始，真正成为了一对。仿佛小朋友过家家，大家只是从游戏开始，打打闹闹，玩着玩着便弄假成真。同学们都默认他们早就是一对，渐渐地，他们自己也习惯成自然，真的就是这么回事。很显然，并没有一个非常清晰的时间点，李涵芝觉得非要有所交待，只能从那天往杨啸波脸上扔碎纸片开始算。对于杨啸波来说，一方面，他确实喜欢李涵芝，有这么一个女朋友挺不错；另一方面，依稀还能记得要捉弄和报复李涵芝，那是他十四岁时产生的一个念头，这个念头时不时地会跳出来骚扰一下。现在，形势终于发生变化，情况已完全不一样，再回味这念头，觉得很可笑。

高中生早恋既然并不少见，杨啸波和李涵芝出入成双结对，在别人看来也很正常，遮遮掩掩反倒没有必要。转眼间，他们已是高三学生，都是好学生，知道的事已经太多，什么都懂了，该明白的都明白，毕竟搁在面前的头等大事，不只是卿卿我我，还有最严峻的高考。一次次模拟考试，一次又一次成绩排名，压得同学们喘不过气来。

早恋有时候是排除高考压力的一种途径，甚至是一种催化剂；与杨啸波在一起，李涵芝成绩始终保持着稳定。相比之下，杨啸波的成绩却有所波动，有所下降。他变得心猿意马，时常魂不守舍，过去总是有什么难题做不出来，李涵芝需要向他求教，现在正好颠倒了，杨啸波经常会脑子进水，会偷懒，动不动还要问她题目怎么做，有时候干脆就抄她的答案。

5

那一段日子，杨啸波和李涵芝之间，说起来还都是中学生，典型的中学生早恋。除了没有真正的那个，该有的，不该有的，基本上也都尝试过了。李涵芝是真的喜欢杨啸波，一心一意，死心塌地，基本上是允许他做任何事，怎么样都行，唯一不能做的，只是不允许突破最后那道防线。在情感方面，她会表现得要更主动一点，更丰富一些，而在情感之外，杨啸波又会更主动，更胆大，更直截了当，毕竟男生很容易冲动，更喜欢直奔主题。李涵芝答应杨啸波，高考一结束，不管考成什么样子，不管最后录取哪所高校，他们都要很好地庆祝一番，那时候做什么都可以，那时候怎么做都行。

也正是在那一段特殊的日子，最让人感到哭笑不得的一幕，是雨芳与李涵芝母亲不仅相安无事，而且化干戈为玉帛，居然又恢复了往日友谊。她们找到了共同点，都觉得是自家男人不好，都怪罪和埋怨自家男人。男人都不是东西，李叔又跟别的女人搞上了，对于他，李涵芝母亲彻底绝望，李叔永远也不会安生，李叔永远也不可能老实。她因此觉得雨芳的老公，本质上也和自己丈夫差不多，也不可能太平，也不可能本分，虽然并不太熟悉这个老杨，但是她知道他们都是那种出了门，就不太愿意回家的男人。李叔不是个玩意儿，雨芳的老公老杨，肯定也好不到哪里去。

现如今的雨芳，没必要也犯不着，在李涵芝母亲面前为老杨辩护，说老实话，她因为自己出轨在先，一度只想着离婚，对老公在外面的情况完全不知道。好也罢，坏也罢，他外面到底有没有别的女人，雨芳是真不清楚。反正现在和李叔的老婆一样，也就是有一个形式上的婚姻关系，有个挂名的老公，男人平时都不回家，有跟没有其实是一回事。她们的生活中除了孩子上学，除了督促孩子准备高考，已经没有别的什么内容。

对于儿女的交往，两个做妈的既不太赞同，也谈不上特别反对。小孩子的事说不准，不就是在一起做功课吗，她们现在都变得很现实，唯高考是问，只要两个孩子的成绩说得过去，只要排名不往下掉，也用不到管得太多。以后的事以后再说，李涵芝是女孩，她妈更多的提醒是女孩子要稳重，要知道保护自己，要懂得分寸，什么事都可以，那件事绝对不可以，因为最后受到伤害的永远会是女孩子。要说李涵芝母亲现在一点也不记恨雨芳，那是不可能的，她只是觉得杨啸波这孩子还行，读书好，成绩好，老实巴交，看上去好像也挺听李涵芝的话，最关键一点，与他在一起，女儿的成绩蒸蒸日上。

双方母亲的态度并不一样，李涵芝她妈先还是有点不赞成女儿与杨啸波走得太近，看到李涵芝的成绩不错，越来越好，就不太反对他们在一起做功课。雨芳则相反，她觉得自己反正是儿子，和女孩子在一起，未必就吃了什么亏。刚开始看出一些苗头，看到他们越来越亲密，也是听之任之，并不刻意反对，渐渐地看见杨啸波成绩往下掉了，开始有所警惕，有点担心，到后来，干脆直截了当地反对，说你们现在还是中学生，在一起复习功课可以，早恋绝对不允许，再这样，不要怪我告诉你们老师。

大人反对一点用处也没有，事实上，中学生早恋谁也管不了。学校开家长会，有家长向老师提意见，希望校方不要光想着抓成绩，一天到晚都是排名，要密切注意学生的早恋苗头，说我们把孩子交给学校，这种最容易影响学生成绩的事，你们做老师的应该过问，应该管一管。立刻就有家长站出来为学校辩护，说这都什么时候了，连这种事也要老师来管，老师管得了吗，自己的孩子你们管不好，管不了，是你们的事，是你们的责任，这个不能怪罪学校，学校管不了那么多。

中学生早恋已变得很普遍，光天化日之下，男生公开向女生示好，女生偷偷给男生递纸条，这种事情太多，多了也就不再稀罕。有时候也就是小孩子过家家，玩玩游戏，各自都是从众，都是为了一个面子，都是为了表示自己没有落伍。大家都有女朋友，大家都有男朋友，没有的同学便显得很没面子，很落伍。有时候，少男少女在一起好了还没几天，立刻分手各自寻找新的目标。有时候也会很过分，有点肆无忌惮，做的那些事听着都吓人。

李涵芝与杨啸波好了以后，并不知道那段时期，除她之外，他还在偷偷与另一个女生交往。她不知道杨啸波会三心二意，竟然还有一位地下女友。这位地下女友就是隔壁班的刘艳，瘦瘦小小一女孩，父亲是一家上司公司老总。这个刘艳胆子大得出奇，早在初中时就开始谈男朋友，男朋友经常换。她家在学校附近有套空关房，一个可供她独立使用的小巢。刘艳肆无忌惮地与男生在这儿约会，杨啸波第一次去她家，就是与他们班一个男生去的，那男生是杨啸波的哥们，这哥们为显示自己与刘艳非同寻常的关系，就带他和李涵芝一起去刘艳家喝巴西咖啡。巴西咖啡很苦，杨啸波和李涵芝并不觉得有什么好喝。

再后来，刘艳和杨啸波的哥们分手了，很快又和别的男生好上，这一次，是比她还低一级的同学，是个小学弟。有一天放学路上，杨啸波鬼使神差地遇见了刘艳，正好李涵芝那天没与他一起走，刘艳没骑车，问能不能送她一段。杨啸波觉得这毫无问题，让她跳上车，问要送她去哪儿，说我现在送你去哪儿都可以。刘艳说你那地方去过的，你还在那儿喝过咖啡呢，应该知道怎么走。说着，怕摔下来，紧紧搂住了他的腰。杨啸波一边用力蹬车，一边在想这情景，如果让李涵芝看见，肯定会不高兴。

刘艳一路还跟他开玩笑，说："你怕不怕李涵芝她会吃醋。”

杨啸波说：“我又没做什么，她为什么要吃醋。”

刘艳说：“吃醋这事，真不好说。”

送到了目的地，刘艳心血来潮地问想不想上去再喝点咖啡，杨啸波说不想喝，咖啡太苦，不好喝。刘艳说你太他妈老土，根本不懂咖啡的好喝。杨啸波说我是老土，反正就是觉得不好喝，不过，你要想请我喝，我也不会拒绝。与李涵芝相比，刘艳太容易上钩，她太成熟，像树上熟透的水蜜桃，一抬手就能摘下来，皮一弄破全是汁水。刘艳说你要是不怕李涵芝多心，就到我家玩一会儿，我们随便聊聊天，你敢不敢。杨啸波说我们有什么好聊的，有什么敢不敢的；嘴上这么说，已经把自行车锁了，跟着刘艳上了楼。

进了房间，刘艳仍然是用咖啡机煮咖啡，说不好喝我也要让你喝，喝喝就知道这咖啡好喝了，绝对好喝。杨啸波说你别说那么多，说多了，都是废话，我跟你说，不管好喝不好喝，我都喝。两个人开始无话不谈，说东道西乱扯，说着说着，话便有点出格。刘艳什么都问，杨啸波什么都说。听说他和李涵芝竟然还没真枪真刀过，刘艳笑得在沙发上打滚。杨啸波被她笑得不好意思，有些不知所措。刘艳说真的假的，你们在一起，光是摸来摸去，是不是憋得有点难受，很那个难受。刘艳又说，李涵芝她也是太不懂男生的想法，这真他妈的笑死人了，你们这是玩什么呢，有什么好玩的，干吗要那么纯洁，这么文明，一本正经的，有什么意思。

于是水到渠成，自然而然顺理成章，杨啸波和刘艳很快或者说立刻做起了有意思的事。接下来，一发而不可收拾，距离高考的日子越来越近，杨啸波越来越快乐，越来越少年老成。高考压力对他来说并不太大，略微有些分心，好在这些分心，并没有太影响成绩，排名有所下降，也没什么大不了。结果就是鱼与熊掌兼而有之，又吃粽子又沾糖，灵与肉都没耽误。有条不紊按部就班，与李涵芝你情我意，照样耳鬓厮磨，仍然是完美恋人。与刘艳则尽情放纵，赤裸裸的那种关系，各自瞒着自己男友和女友，负负得正，两个偷吃的坏家伙，快活得赛如神仙。

世上没有不透风的墙，事情迟早都要暴露，好事坏事迟早都会曝光。李涵芝开始闻到风声，开始跟踪，开始抓杨啸波的现行。他有点狼狈，她要他说清楚，要他解释，问这到底是怎么一回事。杨啸波也不矢口抵赖，说这事我跟你说不清楚，真说不清楚。李涵芝说，说不清楚也要说清楚，有什么说不清楚的，大不了就是跟她那样了。杨啸波无话可说，最后就很强硬地来了一句，说那样了又怎么样，就算是我跟她那样了，也是她愿意的，她愿意，我也愿意，有什么大不了的。

李涵芝气得脸通红，红得发紫，半天说不出话来，憋了半天，说：

“当然没什么大不了。”

“我也觉得没什么大不了。”

“确实没什么大不了。”

于是两人就分手，当然要分手，必须要分手。这时候，距离高考差不多还有一个多月，所谓到了最后冲刺阶段。刘艳是准备出国留学，家里早已安排好，根本不担心考试，一如既往地继续逍遥自在。就在杨啸波与李涵芝分手的第二天，刘艳在学校二楼过道上遇到了李涵芝，她若无其事，还蒙在鼓里，笑着跟李涵芝主动打招呼，李涵芝板着脸，不理她。

刘艳竟然傻傻地问：

“怎么啦，跟杨啸波吵架了？”

李涵芝脸憋得通红，咬牙切齿，过了一会儿，气呼呼地说了一句：

“不要脸！”

刘艳没想到是这样，脸上的笑僵住了，半天都没反应过来怎么一回事，十分尴尬。

李涵芝紧接着还有一句："狐狸精。"

刘艳事后把这事说给杨啸波听，他听了忍不住要笑；刘艳说你笑什么，这个一点都不好笑。杨啸波说反正我觉得挺好笑，都被人骂了狐狸精，还不好笑。刘艳说你什么意思，我是狐狸精，你又成了什么玩意儿呢。杨啸波说我就是被狐狸精迷住的小男孩，刘艳说你倒是真会形容自己，看你那一脸无辜的样子，跟真的似的，我们俩究竟是谁勾引谁了，这个事必须说说清楚。杨啸波十分得意，说不是很清楚吗，当然是你勾引我的，这还不是明摆着的。刘艳无话可说，说你他妈的才是不要脸，脸皮真厚。

杨啸波讪笑着接了一句：

"我确实有些不要脸。"

刘艳叹了一口气，说：

"李涵芝说得可能也对，我也是够不要脸的，我们都有点不要脸。"

其实这时候杨啸波心里想的，只是李涵芝当年曾这样骂过他妈，说雨芳不要脸，说雨芳是狐狸精。为了这事，他多少有些怨恨李涵芝，为此很不开心，谁愿意自己的母亲被人这样说呢。杨啸波当然不会告诉刘艳，他只是突然又回想到了几年前，回想到那时候李涵芝生气的样子。好在事情说过去也就过去，毕竟就要高考了，杨啸波开始感到紧张，开始用功，开始发力，开始拼了命做习题。

6

可惜李涵芝不是杨啸波，没有杨啸波的能耐，她的学习状态立刻直线下降，注意力变得非常不集中。中学生谈恋爱分分合合，本来也很常见，好了就好了，分了就分了。所谓见怪不怪，其怪自败，然而李涵芝一直都在纠结。她显然遭受到了极大影响，事实上，让李涵芝纠结的，让她念念不忘，让她感到恐惧的，是自己在头脑发热的时候，曾通过邮件给杨啸波发过一段视频。

这段视频现在成了她的心病，说起来当然还是要怪她自己，只能怪李涵芝本人。与杨啸波分手，李涵芝并没有太多舍不得，她只是一直在后悔，在担心，害怕那段视频会泄露出去。情况显然有点糟糕，或者说很糟糕，非常糟糕。因为有了这段视频，什么样的坏事，都有可能发生，杨啸波既然能和刘艳那样，这家伙既然能那么坏，就很可能把她的那段视频播放给刘艳看，甚至还很可能会卖弄给其他男生看，这样的恶心事不是不可能。

自从有了这种担心，李涵芝开始坐立不安，李涵芝开始彻夜难眠。李涵芝傻起来真是没有底，李涵芝傻起来真是太傻了，当初只是杨啸波想要看个究竟，想要欣赏她的身体，他死皮赖脸地缠着她，要和她视频。李涵芝坚决不答应，因为害怕会被别人偷偷地在网上截屏。他也知道李涵芝不会答应，也不过是说说而已。然而出乎意外，有一天，天真的李涵芝突然就昏了头，在卫生间洗澡时，突然就失去了理智，突然就变得很疯狂，她竟然对着镜子，用数码相机为自己拍了一小段跳舞的视频，拍了还就真的给杨啸波传了过去。

实在是太疯狂了，太不可思议，女生为了自己喜欢的男生，为了讨好他，为了让自己喜欢的男孩子感到惊喜，真的可以不顾一切。结果就是高考前的那段日子，李涵芝一直忧心忡忡，李涵芝一直坐卧不宁，越想越怕，越怕越想，总觉得别人看自己的眼神有些异样。从刘艳闪烁的目光里，从与其他男生女生的对视中，她似乎都能感觉到一种不怀好意的暧昧。终于有一天，班上有个平时与她关系不错的女生，把李涵芝拉到操场上，看了看四周，看着不远处正在打篮球的男生，然后悄悄地问她，说怎么能把那样的视频，传给那个不靠谱的杨啸波呢，你人再傻，也不能这样，怎么能这样。

俗话说，是福不是祸，是祸躲不过。仿佛心里一块石块落地，李涵芝最担心的事情，终于还是成为了现实。她觉得自己一直都在等待，一直在等待这件事情的最后落实。现在终于让她等到了，她的同学说得对，李涵芝确实太傻了，她觉得自己太可笑，太愚蠢。觉得全校男生都看过她的那段视频。她裸露的身体正在被无数双眼睛偷窥，不仅男生的目光在闪烁，盯着她不放的，甚至还可能有男老师。教务处张主任是政治老师，上课的时候，只要是一看见李涵芝，眼神就立刻有些不太对劲。

消息毫无疑问是从刘艳那里传出来的，而且早就传开了，最初是她告诉了自己的小男友，小男友也往外说，渐渐地就悄悄地传开了。显然是杨啸波告诉刘艳的，他为什么这么做，是出于卖弄，还是为了报复，已经不重要，三言两语也说不清楚。李涵芝感到天都塌下来了，当时寻死的心都有。自始至终，她都不知道正在传开的是这件事，还是那段视频，反正沸沸扬扬，大家可能都知道了。这场风波经过发酵，终于成为学校里轰动的艳照门事件。

高考前一百天，学校里曾经开过一次百日冲刺誓师大会，那时候，李涵芝状态还挺好，排名靠前，信心十足，与杨啸波的成绩不分上下。现在，眼见着离考试还剩十多天，她开始变得非常焦虑，严重地失眠，注意力怎么也集中不了。大战临头，又一次召开最后的励志班会，班主任安排了几个同学上台发言，最后自己又再次做热情总结。她告诫大家，高考还剩下宝贵的十几天，从现在开始，每个同学都要精打细算，都要充分利用时间，不让一分光阴虚度。希望每个同学拿到高考成绩时，都会自豪地宣布，人生能有几回搏，我们已经竭尽全力了，我们没有留下遗憾：

"决战的号角声已吹响，同学们，爱拼才会赢！我相信，只要竭尽全力，只要奋力拼搏，完成最后冲刺，我们班一定能取得胜利，一定能。"

班主任总结完，同学们报以热烈鼓掌。然后参加此次励志班会的教务处张主任，又应邀说了几句。他说现在都到了这个节骨眼上，也没什么好说的，说什么都会多余，希望大家能够静下心来，适当地放松一些，要有一个健康平静的心情，要发挥出自己的正常水平。不管怎么说，思想健康才是最重要的，还是要讲政治，什么叫思想健康，什么叫讲政治，我想同学们应该懂得我的意思，如果思想不健康，你们考上再好的大学也没用。李涵芝觉得张主任这番意味深长的话，很可能就是针对自己，在他讲话前，他一直在盯着她看，他的眼睛一直都在说话。

结果李涵芝高考没考好，完全考砸了，第一场就没能考好，考语文，最擅长的作文，竟然没来得及写完，考砸了。数学也考得不理想，可以说很不理想，做过的习题竟然也会忘记。只有外语还算凑合，最后仍然是没达到一本线，勉强刚够二本。这个成绩出乎所有人意外，太不正常，完全不是她的真实水平，此前她在学校的排名，一直维持在前六七十名，最好的时候，还进过前三十，按照这个名次，考进一本线，进一所好大学，应该十拿九稳。

杨啸波却是出人意外地考得好，表现出了强有力的后劲，他是学校第一名，在全市并列第三。公布成绩那个晚上，接到无数的祝贺电话，学校向他报喜，媒体向他采访，北大和清华的招办向他发出热情邀请。公布成绩的第二天，上网接收电子邮件，杨啸波接到了一封来自李涵芝的信函，一封没有标点符号的信，上面密密麻麻全是：

“你去死你去死你去死……”

这是一封带着太多仇恨的邮件，杨啸波立刻意识到，李涵芝肯定是考得不太好，肯定是考砸了，否则她不会这么疯狂，不会这么歇斯底里。至于具体是如何不好，他也不想知道，反正现在他们已没什么关系。之前为了跟刘艳偷偷往来，他多少还有些歉意，现在寄来了一封这么歹毒的信，他们也就算恩怨彻底了结，也算把欠账还清了。此时的杨啸波正春风得意，他又一次想到了当初，想到了十四岁那年，那时候他们还是小孩子，他去李涵芝家找李叔，李涵芝突然咒骂雨芳是狐狸精，杨啸波忘不了她当时的神情，忘不了她愤怒时的样子。冥冥之中，有些事几乎是命里注定，一霎那间，他觉得自己有意无意，终于达到了捉弄和报复的目的。

李涵芝复读一年，又吃了一年苦，最后也就勉强考了个一本，进了一所非常普通的高校。杨啸波则选择上北大医学院，校方给他的条件非常优惠，八年制，本科加上硕博连读。到了北京，学习压力有些大，都是全国各地顶尖的学子，一个个都是人精，都是学霸，与这些同学为伍，除了压力大，杨啸波还感到很无趣。或许是第一次离家出远门，到了圣诞之夜，突然觉得非常寂寞，一种从未有过的孤独。他开始无限地想念刘艳，想念李涵芝。

想念刘艳，是因为她刚从国外给他打电话，人到了国外，想法就会有些改变。此时此刻，除了与杨啸波一样感到孤独，她说他们两人对李涵芝应该有所歉意，应该向她道歉。刘艳说他们最大的错，不是两人的那种关系，她并不觉得那事应该后悔，而是杨啸波不应该让她看李涵芝的那段视频。

刘艳在大洋彼岸那头指责他：

“杨啸波，这个事做得太过分了，你很无耻。”

当然，刘艳不光指责杨啸波，她也检讨自己：

“我也错了，我是更不应该，我竟然也会跟别人去说，这不对，太不对了。杨啸波，我们真的太不应该，你可以不喜欢她，不爱她，可是我们不应该这么伤害她，我们做得太不好了，我们有点缺德。”

挂完电话，杨啸波开始第一次认真思索。事实上，他一直都在回避这个问题，他从来不去想这件事。事情早已翻篇，过去已经过去，该结束的都结束了。多多少少，他也知道一些李涵芝的情况，知道她在复读，知道她死活不肯也不会再原谅自己。暖气很足，宿舍里太热，就只有他一个人，其他同学都出去参加圣诞活动，他觉得很寂寞，决定到雪后的校园里去走走，让自己的头脑变得更清醒一些。

这时候，无论是刘艳，还是李涵芝，只要能有一个人在他身边就好了。杨啸波很想跟她们说说话，聊聊天，被她们骂几句。他甚至很想能触摸到她们，也更想被她们所爱抚。现在，杨啸波是真的想念她们，他太孤独，他爱她们，他需要她们，无论是谁，只要她现在愿意说出一个爱字，他就可能向她保证，发誓爱她一辈子，向她求婚，然后白头到老，一辈子都只爱她一个人，他愿意为她去死。

校园雪地里很冷，因为房间里热，杨啸波并没有穿多少衣服出门。很快，一种刺骨的寒意，向他奔袭过来，他打开手机，给李涵芝打电话，回答显示这手机号码已经停止使用。杨啸波又跟过去的老同学联系，问知道不知道她的新号码。老同学很吃惊，说自己并不知道，不过他真想要，她可以拐弯抹角帮他找到。于是杨啸波便在寒风中等待，很快新号码以短信形式发了过来，杨啸波立刻拨打过去。

电话通了，对方并不知道是谁打的，杨啸波也已经换了新的手机号码，喂的一声，紧接着又是一声“你好”。杨啸波心口咚咚直跳，不知道怎么开口。对方又问你是谁，杨啸波刚说我是杨啸波，对方立刻把电话挂了。再打过去，不接，接了又立刻挂了，再打，再挂。杨啸波知道李涵芝不肯原谅自己，她不会原谅。这时候，他并不希望她能原谅自己，只是想向她表示歉意，向她表示悔恨，而且更迫切希望的是，她能够好好地骂他一顿，痛骂他一顿。

连续拨打了许多次，杨啸波相信李涵芝不可能再接自己的电话。这么一次次地拨过去，对方一定是更讨厌他了。不仅对方会觉得讨厌，杨啸波自己也觉得很讨厌，他真的很讨人嫌，让人厌恶。寒风刺骨，他知道再这么冻下去，肯定要感冒，肯定要生病，于是重新回到宿舍，在手机上给李涵芝写了一封很长的道歉信，刚写完，觉得写得太差，装腔作势，既没文采，也不够真诚，根本说不到点子上，于是立刻又全部删除。想起她曾经给他写过的那封电子邮件，便一口气写了许多个“我该死”，用“我该死我该死……”组成了一段短信。

宿舍里很暖和，手机上短信发送出去，杨啸波完全缓过来，身上寒气已被驱逐。他的心情开始变好，寂寞和孤独的感觉，一下子消散许多。过了一会儿，外面突然有了动静，有人在欢呼，杨啸波一下子没反应过来怎么回事，走到窗口去看，原来是到了零点，洋人的新年到了。雪地里树丛旁灯光下，有几对年轻人在拥抱，在亲吻，在相互扔雪球。

杨啸波突然有了一种可以与往事告别的感觉，在此之前，高考并不意味着结束，进北大医学院也不是，甚至与李涵芝的分手都不能算。他觉得只是从现在开始，自己才重新蜕变，又一次获得了新生。窗外还是冬天，然而杨啸波的内心世界，已经提前进入了春天。一切都好像是从现在才能算重新开始，杨啸波要正式开始过一种全新的生活，要与过去告别，要开始交新的女朋友，要开始一场新的恋爱。

接下来，杨啸波很快就有了新的女朋友，像他这样的优质大学生，找个女朋友并不是什么难事，当然要真想遇到理想和合适的，也不是太容易。前前后后有长有短，不是自己受不了对方，就是人家不要他，直到遇上了邵一琪，一个心直口快的北方姑娘，他们的关系才算是比较正常。邵一琪是北京人，人高马大，很健壮，很强悍，与杨啸波相处了一段时间，大发感叹，说她觉得自己与南方人可能合不来，没想到感觉还不错。

邵一琪是北大商学院的学生，对杨啸波的以往历史毫无兴趣，但是很在乎他现在的所作所为。她警告杨啸波，说我们显然都属于那种有过前任的人，现在我和你既然已是这种关系，我希望大家开诚布公，既往可以不追，当下必须认真，不要再玩什么暧昧，你应该懂我的意思，过去的事，结束就是结束，过去就应该过去。为了表示正式，她又用英文把这个意思说了一遍。

可惜这段关系最后也是无疾而终，持续了两年，邵一琪提出了分手。分手的原因不是两人不再相爱，而是她计划要到国外去读研。说起来挺让人烦恼，现实就是这么残酷，对于正在求学的年轻人来说，要出国的和不准备出国的，基本上是南辕北辙，就相当于三观不同，注定是要分手的。与其晚分，还不如早分，反正迟早都是分，都要分。等到以后闹了别扭，大家对对方开始有了恶感，非要等到这时候才分手，又是何苦呢。

于是就非常友好地分手，大家还是好友，结束的只是那层关系。再后来，邵一琪要出国，临走请客，把前男友召集在一起喝酒。酒喝得很痛快，前男友们十分和气地坐在一起，谈笑风生。除了杨啸波，都带着自己的新女友，有前男友问他究竟有没有女友，没有是一回事，有了不敢带过来，又是一回事。邵一琪说我了解杨啸波，他肯定没有，要有的话，会带来的，他不是那种喜欢藏着掖着的男人。

7

邵一琪相信杨啸波与自己交往时，心里只有她一个人，事实当然不是这样，完全不是那么一回事。实际上，他们处对象同居期间，刘艳回国探亲，偷偷去北京跟他见过一次面。除了这事，杨啸波对李涵芝也始终念念不忘。对于杨啸波来说，很长一段时间，邵一琪就是刘艳和李涵芝的合体，她起到了替代她们两个人的作用。因为有了邵一琪，杨啸波面对学习压力，能够静下心来认真读书，能够把书读进去。

杨啸波觉得自己是个很实在的人，只要对方愿意，只要对方不拒绝他，跟谁都可以过上一辈子。他觉得自己属于那种不太愿意把时间花在情感问题上的男人，邵一琪也好，李涵芝和刘艳也好，只要她们松口，杨啸波都可以和她们立刻步入婚姻殿堂。很显然，到目前为止，基本上是女生主动选择与他分手，他始终是被动的，身不由己的。如果非要进行比较，他可能更在乎李涵芝。

从大一的第一个情人节开始，每到这一天，杨啸波都会悄悄地给李涵芝寄点小礼物。寄什么颇费心思，他害怕邵一琪多心，又害怕李涵芝不喜欢。刚开始石沉大海，寄了跟没寄一样。这恰恰很符合杨啸波的心意，寄了是自己心里暗自高兴，没有回声，正好省去很多麻烦。邵一琪平时大大咧咧，她可不是一盏省油的灯，真让她知道了，她那个火暴脾气，眼睛里揉不得沙子，准保会让杨啸波吃不了兜着走。

和邵一琪分手后，他的胆子开始大起来，开始肆无忌惮。到了本科四年级的情人节，杨啸波不仅给李涵芝寄礼物，还破例夹了一张明信片在里面。这一下，算是彻底惹恼了李涵芝，因为打开礼物时，她男朋友就在旁边虎视眈眈盯着。虽然明信片上没有任何出格的话，都是些最平常的祝福，可是选择的日子不对，引起不必要的口角便在所难免。于是一场风波过后，李涵芝也破例给杨啸波打了电话，劈头盖脸把他一顿痛骂。

这是多少年来，杨啸波第一次听到李涵芝在说话，他很意外，很激动，也很享受。李涵芝说你这人稍稍要点脸面好不好，你就当自己已经死了好不好，或者说你就当我死了好不好。杨啸波说我确实死了，当年的那个杨啸波早就死了，我已经死了，你现在就是在跟一个死人说话。李涵芝说你想干什么，你到底想干什么。杨啸波说我什么都不想干，我只想听听你的声音，只想让你骂骂我。他很矫情地表演着，说多少年了，我一直都在这么想，我就想听你骂我，我一直在等这一天。

“你浑蛋！”

“我是浑蛋。”

“你是王八蛋，你是全世界最下流的人，你是狗屎，你什么都不是，什么都不是——你不是要找骂吗，那好，那很好，今天我就骂个痛快，你就是狗屎，你就是王八蛋，你是神经病——”

李涵芝在电话那头痛哭起来，一边哭一边骂，一边骂，一边哭。杨啸波很难受，同时又十分享受，非常享受，心情无比舒畅，一溃千里一泻万丈地痛快。他现在最担心的是对方会突然把电话挂掉；果然骂着骂着，没声音了，李涵芝把电话挂掉了。再打过去，对方又把电话掐了，再打再掐掉，再也没接通过。

当天晚上，杨啸波做了一个梦，梦到了李涵芝，李涵芝穿着一袭红色长裙，个子似乎也变得高大，但是说话的语气，脸上的表情，还是当年那个小女生。梦中套着梦，梦中的杨啸波知道自己是在做梦，因此他在暗自祈祷，希望这个梦不要醒，最好能一直做下去。美梦不可能成真，如果能一直做下去，或者稍稍多做一会儿，也是件非常美好的事情。李涵芝眼泪汪汪，在梦中轻声地责问杨啸波，她仿佛看透了他的心思，说他对她始终念念不忘，对她贼心不死，无非是在后悔一直没有真正得到她，她恨恨地说，杨啸波所以还在死皮赖脸地纠缠，不就是为了达到那最后的一步。

杨啸波觉得自己确实有点后悔，很后悔，如果事情迟些暴露，定时炸弹迟些爆炸，等高考平安结束，李涵芝也考好了，也没有失误，那时候两人再分手，两全其美，对大家都好。她当初不止一次允诺，杨啸波觉得不只他自己，实际上李涵芝也在渴望那美好的一天到来。高考是个巨大的黑洞，他们被笼罩在一片黑暗之中，痛苦而不能自拔，慌乱又走投无路。杨啸波觉得当时自己的过错，不在于他做错了什么，而是自己没做什么。他不应该扬长而去，他不应该自顾自，不应该把李涵芝一个人丢在黑洞里。杨啸波一生都应该为此忏悔，都应该为此赎罪。

这以后，到了情人节，杨啸波不再给李涵芝寄礼物。他将日子改成了三月十五日，这一天是“国际消费者权益日”，有全民打假的意思。杨啸波不再胡乱买东西，他只是给李涵芝寄几本书，寄自己喜欢看的小说，想象中她也可能喜欢读一读的文学作品。一个人寂寞的时候，无聊至极，他会偷偷地打开电脑，从一个特殊的文件夹里，将李涵芝的那段视频调出来欣赏。这是他的个人秘密，男生电脑里有些色情图片和视频并不算什么稀罕之事，杨啸波把这段视频藏在一个神不知鬼不晓的文件夹里，没人会想到怎么一回事。

杨啸波忍不住就会拿李涵芝跟刘艳和邵一琪作比较，刘艳好瘦好小，邵一琪太健壮。这种比较很无聊，既下作又无耻。断断续续，他还有过几位女友，与杨啸波一样，李涵芝这些年也没闲着，也交过好几位男友，其中一个还是杨啸波当年关系挺不错的哥们。过去许多年，虽然从未见过面，李涵芝的各种消息，他多多少少还是能知道一些，知道她跟谁好了，跟什么人又刚刚断了。有一年回家探亲，中学同学聚会，说好李涵芝也要过来，结果等到最后，她并没有来，大约是听说杨啸波要去，临时改变了主意，说明她根本就不想见他。

转眼之间，硕博连读的杨啸波就要毕业了，他的导师正在为他今后的工作做安排，留在北京没有任何问题。就在这时候，突然得到一个十分确切的消息，李涵芝已领了结婚证，正在准备操办喜事。男方是个干部子弟，官不大不小，大学本科毕业，换过几次工作，刚到一家收入稳定的事业单位上班。突如其来的消息，让杨啸波有种莫名的惆怅，感到说不出的别扭。他自己刚结识一个新女友，各方面条件综合起来看，都觉得挺般配。新女友大他一岁，也是本科毕业，也是干部子女，父亲是外省进京的京官，官不算太大，也不算太小。用介绍人的话说，杨啸波个人条件虽然不错，前程似锦，女方父亲官要是真太大，也不一定能看上他；官太小了，他也未必看得上人家。

那一天，杨啸波被邀请去见女方父母，约好上午在一家茶馆见面，大家一起喝茶。给他的印象，更像是一场求职面试，女方父亲问了几个问题，女方母亲又接着问几个问题。然后是女友与自己父母聊天，说一些与他完全不搭界的事。再然后，杨啸波与女友一起去看电影，一部首映的好莱坞大片。女友买了一桶爆米花，两人一边吃，一边看。吃完爆米花，两人的手就握在了一起，一直握到把电影看完。看完电影，杨啸波有点心不在焉，一路也没什么话，也不提再吃点什么，把她送回家，掉头直奔火车站。

直到火车开动，杨啸波都没想明白他究竟要做什么，完全不知道自己应该怎么做。他只是决定要去见李涵芝，这想法很突然，一旦有了，一旦决定了，便没有办法再更改。高铁很快，三个多小时后，他已经回到了自己熟悉的那个城市。从火车站出来，天还没黑，杨啸波犹豫了一下，直截了当地去李涵芝家。这是个非常大胆又有些失去理智的决定，不一会儿，出租车到了李涵芝家楼下。

从出租车上下来，杨啸波往四下里看了看，给李涵芝打电话，打了好几遍，她终于接了。他让对方猜自己在哪儿，李涵芝没好气地说，我怎么知道你在哪儿。杨啸波说我就在你家楼下，你从窗口探出头来，就能看到我。她感到很意外，说你真是疯了，发什么神经，你怎么知道我家在哪儿，你现在人到底在哪儿。李涵芝告诉他自己已不在原来的地方住，她父母还住在那儿，她早就搬出去住了。

很快两人在离李涵芝新房不远的一家茶馆见面，这家茶馆的装潢，与中午跟新女友父母见面的那家风格非常相似，感觉就是同一家连锁店。一想到这个，他忍不住想笑。李涵芝问他为什么笑，他也不隐瞒，把中午的事说给她听，一边说，一边傻笑。李涵芝听了也笑，也是傻笑，笑了一会儿，一本正经地问他新女友是干什么的，漂亮不漂亮，问他为什么会忽发奇想地来找她。杨啸波便解释，说自己听说她要结婚，脑子里突然全是这个消息，全是一些奇怪的念头，全是一些不甘心，于是就冒冒失失地跑来了。

李涵芝冷笑说："我结婚，跟你有什么关系？"

杨啸波说："是呀，我也在想，你结婚，跟我有什么关系。”

“真是莫名其妙。”

“确实有些莫名其妙。”

两个人都不说话了，沉默了好一会儿，开始一个劲地喝茶。杨啸波盯着李涵芝看，目不转睛地看她，李涵芝被他看得很不自然，有点不好意思，先是不愿意看他，不想理他，接着狠狠地白了他一眼。杨啸波开始搭讪，说这么多年没见，你一点都没变，还是那样，我们这是多少年没见面了，差不多有八年吧。他只是嘴上这么说，其实李涵芝怎么可能没变化，她显然成熟太多了，早已不是先前的中学生模样，起码那胸就比以前大得多。李涵芝注意到他死死地盯着自己的胸口看，又白了他一眼。

杨啸波自言自语地说：

“我也没想到自己会真的过来。”

杨啸波对她说出了自己此行的目的，说我不希望你和别人结婚。李涵芝听了很意外，脸红了，说不要乱开玩笑好不好，你到底有什么事，是过来出差，还是有什么事要办。杨啸波很认真地说，我没有开玩笑，我就是为这个来的，没有开玩笑，我不希望你和别人结婚，我不愿意你这样。李涵芝的脸色顿时变得很难看，有些愤怒，说这个你管得着吗，我结婚不结婚，跟谁结婚，关你什么事。

北方很冷了，杨啸波已穿上了羽绒袄。南方还只是深秋，刚开始有点降温，穿着厚厚羽绒袄的杨啸波表情看上去非常夸张。他的脸上开始冒汗，头发全湿了。服务员过来加水，问他们要不要来两份简餐，杨啸波有点尴尬，看了看李涵芝，说好的，来两份，我还真有些饿了。李涵芝说我不饿，要吃的话，你吃好了。杨啸波也不管她吃不吃，坚持要了两份，然后把身上的羽绒袄脱了下来，挂在椅背上，解嘲说我是不是穿得太多了，走的时候太匆忙，说走就走了，连衣服都没来得及换。

李涵芝还有点不相信，看着他说：

“你真的就是为了这事赶来的？”

“那还能假。”

8

接下来，大家似乎都显得挺平静，十分客观，非常冷静。好像这两个人之间，从来就没发生过什么了不得的事情。好像他们就是很平常的老同学相遇，多年不见，有很多话可以说，有很多天可以聊。当然，大家都知道，这两个人自己也知道，他们显然不是一般意义的老同学，此次见面，也不是一般意义的见面。两人互相说了说自己的情况，说了说自己父母的现状。雨芳与杨啸波父亲老杨最后还是和好了，李叔和李涵芝母亲离了，离婚以后，李叔又和一个莫名其妙的女人结了婚，婚后老是吵架。

两个人的说话都有点漫不经心，有点随意，你一句我一句地说着，只是不想冷场。两份快餐拖了很久才来，杨啸波真的饿了，来了就吃，狼吞虎咽。李涵芝犹豫了一下，摇了摇头，也开始吃。吃完继续喝茶，继续有一搭没一搭地说话。茶馆里有人在打扑克，有好几桌，不时地会有几句争执。杨啸波和李涵芝坐在一个角落里，灯光幽暗，气氛足够暧昧，但是仍然觉得说话不是很方便，有些想说的话，就在嘴边打转，说不出口。这期间，两人都接到自己女友和男友的电话，杨啸波的新女友问下周末有什么安排，怎么见面，李涵芝的男友则是告诉她，今天晚上的应酬可能会很晚，说不定要陪领导打一通宵扑克。

杨啸波和李涵芝都觉得有些话，应该到外面去说。他们不约而同地想到了这一点，杨啸波说我们到外面去走走，李涵芝听了，立刻站起来，仿佛一直都在等待这样一句话。两人并没有想好要去哪，只是觉得要离开，应该赶快换个环境。结了账，出了茶馆，他们突然意识到不知道要去哪里，时间十分尴尬，说晚还不算太晚，说早也不早了，没有路灯的区域一片漆黑，时间已是晚上九点多钟。

不远处树影婆娑，有个不大不小的街心小花园。跳广场舞的好地方，热闹和喧嚣刚刚结束，人群正在散开。他们走了过去，在一张供人休息的长椅上坐下，大家都不说话，都等对方开口。因为不说话，气氛便有些沉重。沉默了很长一段时间，杨啸波重复了一句自己已经说过的话：

“我不愿意你跟别人结婚。”

李涵芝不理他，杨啸波又唠叨了一句，同时伸出手去，抓住了她的手。她挣脱了好几下，甩不开，只能让他抓着，但是不想让他再继续说下去，说你真是神经病，不要乱说好不好，我不想听。李涵芝说她已领了结婚证，从法律上来说，已经结婚了。她说杨啸波你少来这一套，少来干扰我的生活，你这究竟是什么意思，突然冒了出来，就跟从天上突然掉下来似的。你觉得这样很好玩是不是，很酷是不是，你可能觉得你比我男友更帅，更牛，更有前途，因此就可以让别人想怎么就怎么，我告诉你，那只是你自己的想法，我并不觉得你比我男朋友更出色，而且，就算是真的比他好，我也不会选你，我不会的。

李涵芝说这些话的时候，一直在颤抖。她的小手冰凉，显然是有点冷，很冷，非常冷，户外正在降温，毕竟到了晚秋季节，早晚温差太大。杨啸波颇具绅士风度地脱下自己的羽绒袄，披在了李涵芝身上，就势把她搂进了自己怀中，还打算要趁机吻她。李涵芝很生气，用力挣扎了一番，在他胸口狠狠捶了几下。李涵芝说你什么意思，你究竟想干什么，给我老实一点好不好，你知道你是在干什么吗。

杨啸波十分诚恳地解释自己的动机：

"我不想干什么，只是听说你要结婚了，我不甘心，我不愿意。"

李涵芝似乎有点被他的话打动，同时又有点反感，有点生气，轻声嘀咕：

"我知道你的这个不甘心是什么意思，我知道你为什么不甘心。"

他们所坐的位置很好，处于黑暗之中，离马路不远，既隐蔽，又安全。李涵芝挣扎了一会儿，索性不动弹了，两人就那么静静地保持着已有的姿态，她不动，他也不动。过了一会儿，杨啸波开始试探性地吻她的头发，吻她的耳朵，吻她的脖子。李涵芝仍然一动不动，不接受，也不反抗。杨啸波胆子也越来越大，越来越不像话，然后两人就开始互吻，开始热吻，开始有点疯狂。杨啸波并不觉得意外，他觉得这是预料中的事情。一切都在按照计划进行，他相信在李涵芝心目中，一定还是有自己的位置。这些年的礼物没有白寄，他的良苦用心没有白费，杨啸波觉得李涵芝就像是一只风筝，她飞得很高，她飞得很远，可是那根线头，还牢牢地抓在自己手中。

两个人仿佛又回到了天真的中学时代，回到了他们的初恋时期。那时候，也是在无人的街心小花园，也是趁着夜幕降临，他们开始了初吻。那时候李涵芝的胆子比他还大，远比他更加疯狂。他们用宽大的校衣罩着自己脑袋，挡着身体的敏感部分，胆大得想想都会后怕。那时候他们很多事还不懂，还不知道，必须要自己去探索，然而很多事不用教，很快就无师自通，就什么都懂了，什么都知道。

杨啸波说："我不想你成为别人的老婆。"

杨啸波又说："你应该是我的老婆。"

李涵芝说："你现在说这话，还有什么用，我已经是别人的老婆了。"

杨啸波不管这一切，他大声地对她说，我不管，我不管，反正我是要娶你的，我要你嫁给我。李涵芝说你疯了，你真是疯了。杨啸波便说我确实疯了，我要是不疯，就不会从北京马不停蹄地赶过来，我是疯了，真的疯了。他嘴上这么说，人却是非常的冷静。李涵芝说你的确是疯了，你真的疯了，可是我并没有疯。与杨啸波相反，她看上去很冷静，嘴上这么说杨啸波，实际上也离疯狂不远了，或者说已经足够疯狂，疯狂得甚至超出杨啸波的期待。

形势正悄悄发生变化，原先属于主动进攻的一方，突然会变成了被动防守的一方。现在很多女生都会很主动，胆子大得让人吃惊，杨啸波并不希望她像那些女生一样。这时候，需要的是真正的冷静，这时候，需要的是真正的理智。突然他不说话了，沉默了，此时此刻，杨啸波更愿意她矜持一些，像一只待宰的羔羊，像砧板上的鱼肉，他更愿意是自己主动，更愿意自己能够控制一切，而不是像现在这样被她逐渐控制，被她嘲笑：

"知道你不怀好意，我知道你赶过来，为了什么呢，不就是想像过去一样，拉人家一起去开房。"

读中学的时候，因为处于城郊接合部，他们学校周边，有许多私人开办的供情侣幽会的钟点房。真正敢去开房的学生很少，但是开房这个词，对大家来说并不陌生。有的男生喜欢吹牛，喜欢开玩笑，说自己和谁谁去开过房。当时只要肯花钱，只要够胆大，那些小旅馆老板才不管你岁数多大，才不在乎你有没有证件，你根本就不需要出示任何证件。此时此刻，坐在黑暗的夜色中，离他们不远的地方，就是一家连锁的“如家精选酒店”大楼，用霓虹灯装饰的酒店商标，高高在上十分醒目，给人的感觉，仿佛是正在向他们招手示意。

杨啸波相信，这时候，如果他提出了带她去开房，应该是百分之百没问题。这时候，他想干什么或许就可以干什么，就能干什么。现在，开始退缩的是杨啸波，是他没有勇气开口，是他正在放弃和抵消那些念头。他觉得自己真要是这么说，真要是这么做，便显得赶来见她的动机不够纯粹，会变得很庸俗。杨啸波不愿意让美好变得不美好，不愿意让浪漫变得不浪漫。在天愿作比翼鸟，在地愿为连理枝，他要让李涵芝相信，与跟她成好事相比，与短暂的放纵相比，他更愿意与她结为夫妻，更愿意与她百年好合，更愿意与她白头到老，他绝不会再玩弄她的感情。

他突然发现自己是真的好喜欢李涵芝，真的是好喜欢。他又想起了当年，想起李涵芝恶狠狠地骂雨芳是狐狸精。狐狸精有什么不好呢，狐狸精其实挺可爱的，那时候，他确实曾经恨过她，想捉弄她，想报复她，现在再回想，所谓恨，所谓捉弄，所谓报复，其实都是自己在偷偷地喜欢她。杨啸波一直觉得李涵芝更爱自己，一直觉得自己有些被动，他的主动追求，其实都是被主动，是被她引诱的，被她设计的。他突然意识到李涵芝过去对他才是一心一意，突然意识到过去对她一直都有点三心二意，自己对不住她的地方太多了。

最后，几乎是在黑暗中整整坐了一夜，他们说了许多话，说了太多的废话。非常疯狂的一个夜晚，非常荒唐的一个夜晚。李涵芝始终没有松口，始终不肯松口。她可以答应他任何事情，可以任其摆布，可以上当受骗，但是坚决不同意在法律上放弃婚姻。李涵芝不愿意做一个离过婚的女人，她说她不会离婚，不会解除自己的婚约，她根本就不相信杨啸波说的那些话，即使说的是真话，说得再好听，也不愿意相信，就是不相信。

9

这一夜把杨啸波冻得真够呛，这一夜能熬过来也不容易。寒风凛冽，落叶纷纷，把羽绒袄给了李涵芝，结果受冻的自然就是杨啸波。李涵芝有点心疼，怕他冻感冒，怕他会吃不消，怕他会生病。杨啸波说受这点冻算什么，那是活该，那是应该，真要生一场病也是值得，跟你在一起，我应该被冻一下，你想想，就这么一件羽绒袄，当然是必须让你穿，只要你不冷，我心里就热乎乎的。

李涵芝很感慨，说想不到你的这张嘴，现在竟然会变得这么甜。杨啸波说他也没想到自己会说这么肉麻的话，他说你不知道我现在是多么喜欢你，我真的希望可以从头再来，不管你答应不答应，我都会一直等你，我绝对会有这样的耐心。李涵芝说你说得真是太肉麻了，你越是这么说，我越是不相信，我为什么要相信，你不知道你这个人有多可恨，看到你受冻的时候，我就想，你知道我怎么想，我想冻冻才好呢，冻死你也活该。

这个说的当然只是气话，这一夜，一直披着那件羽绒袄的是李涵芝，因为怕杨啸波冻着，她一直在尽量搂着他，保护着他的胸和胃，自己像个大枕头那样，被杨啸波抱着，因此真要说着凉，也就是让他背上受了一点冻。这一夜，杨啸波心疼李涵芝，李涵芝也心疼杨啸波。结果就是鸳梦又一次重温，缠缠绵绵，曾经发生过的当年情景，小孩子玩的把戏，再继续演了一遍。两人相拥傻坐到天亮，天渐渐亮了，一夜霜露，害得他们全身上下，都是湿漉漉的。现在，天既然亮了，天已经亮了，杨啸波依依不舍，送李涵芝回家，然后再坐今天的第一班高铁，赶回北京上班。

清晨的雾气开始弥漫，他们挽着手，一同向前走去。很快，到了李涵芝新房所在的那个小区，到小区门口，她并没有邀请他去做客的意思，杨啸波也没有打算要去。告别的时候到了，李涵芝同样依依不舍，她脱下身上的羽绒袄，看了看不远处门房的保安，看到保安坐在灯下，低着头，正看手机，或者在看别的什么。李涵芝把手中的羽绒袄扔在杨啸波身上，匆匆与他相拥吻别，扭头一路小跑，进入了眼前的小区，消失在高楼群里。

高楼会生风，风很大，非常的大。白茫茫的雾在快速飘移，雾气变得越来越浓，湿湿的，黏糊糊的，仿佛正下着小雨。寒风中的杨啸波很孤单，傻傻地站在那儿，一动也不动，显得十分无助，有一点沮丧，有一点惆怅，像一棵生了根的枯树一样。眼前一片模糊，大雾自下而上腾腾升起，开始淹没一栋栋拔地而起的高楼，杨啸波终于转过身，迎着一阵阵吹过来的凛冽寒风，缓缓穿上羽绒袄，背对着李涵芝消失的方向，还在继续发怔，久久不肯离开，他并不知道结局会是什么。

杨啸波最后还是离开了，火车站人山人海，第一班去北京的高铁票，早已售罄。杨啸波很失望，在售票大厅徘徊，在人海中挤来挤去，好在他很幸运，居然抢到了这趟列车唯一的一张退票。

二〇二〇年一月初稿　三汉河

德莉莎的疯狂

德莉莎是条母狗，体形高大，看上去有点像牧羊犬。标准的牧羊犬又叫“黑贝”，也就是人们说的德国大狼狗，背部是黑的。第一次看到德莉莎，吃惊它的体形高大，那时候，邻居的一个女儿刚上小学，德莉莎差不多要跟她一样高，当时心里就想，这么大一条狼狗，跑出来咬了人，可不是件闹着玩的事。

我们所居住的别墅区，青山绿水，环境很好。有近百栋形状相似的小房子，一个房地产老总开发的，水库边上租下一片山林，付了五十年租金，盖了各自独立的房屋，用矮木栅栏拦起来，再以转租形式售房。占地面积不大，没有产权，没有土地证，价格十分便宜，我们因此也实现了拥有别墅的梦想。

别墅本义并不是豪宅，是第一居所之外的另一住处，“别”是另外的意思。中国古代，别墅又叫别业，王维“行到水穷处，坐看云起时”，那首诗就叫《终南别业》。西晋最有名的花花公子石崇，他的《思归引序》说自己少年有大志，夸迈流俗，“晚节更乐放逸，笃好林薮，遂肥遁于河阳别业”。“肥遁”翻译成大白话就是退隐，也就是说上了岁数后，隐居在乡间的大别墅里。

德莉莎的出现，不只是我们担心，其他邻居也同样恐惧，很快有人投诉。物业派人过来交涉，要求德莉莎的主人想办法，采取措施，防止大狼狗跑出来。交涉结果是围上铁栏杆，将德莉莎关在园子里，这个决定对小区绿化环境造成了破坏，原来都是统一矮木栅栏，有一家围上了高的铁栏杆，其他业主纷纷效仿，都开始跟风安装。不久又进一步升级，干脆砌围墙，物业出来阻拦，也拦不住。这些别墅属于转租性质，开发商违规使用土地，有着先天缺陷，业主完全不把最初契约当回事，根本不买物业的账。

别墅位于江苏和安徽两省交界，地方有些偏僻，离南京也不远，开车不要一小时。因为租赁性质，没有产权，法律方面有问题，大家都不太看好它的前景，只是用来度假。房子简陋，简单的装修，配些家具，虽然安装了空调，冬天太冷夏天太热。

春秋两季，这地方非常好。种了三棵桃树苗，桃树长得快，到开花时节，红成一片。门前又有一片竹林，春笋烧肉，可以呼朋唤友。山上各式各样野花都开了，野紫藤，野蔷薇，还有野草莓。鸟很多，大大小小五颜六色，有一种鸟很像锦鸡，个头似鸽子，拖着长翅膀，每天都会飞到门前的竹园，叽叽喳喳乱叫，声音十分古怪。因为长得漂亮，一听到它奇怪的叫声，我便会从窗户里探出脑袋张望。

让人为难的是德莉莎的存在，你没办法忽视，没办法排除它的干扰。紧挨着的近邻，只要我家有人出现在园子里，哪怕只是打开窗户探出脑袋，它都会透过铁栏杆，冲你发出一阵狂吠。德莉莎声音很大，一开叫非同凡响，气势汹汹，吠声在空气中振动。起初是周末或者节假日，它才和主人一起过来，不久，德莉莎的主人老杜居然在这儿长住了。

老杜是位身材高大的中年人，德莉莎对我们狂吠，老杜偶尔会出来呵斥几声，好像并不管用，有时候反而吠得更厉害。熟悉之后，他常安慰我们，说这狗看上去凶，看上去大，从来没咬过人，不会咬人的。我们开始知道这条狗叫德莉莎，老杜介绍说有位著名的修女也好像叫德莉莎。为什么会和修女联系在一起，感觉有点怪。修女应该十分文静的样子，人们印象中最有名的修女叫特蕾莎，得过诺贝尔和平奖，拍过传记片，她的一句名言是：

“不管怎样，你都要原谅！”

我怀疑老杜把名字搞错了，老外的人名常常会有不同翻译。我们开始有意识地讨好德莉莎，只有讨好它，才可能和平共处。老杜说它非常聪明，知道谁对它好，谁对它不好，你喜欢它，它也会喜欢你。根据老杜建议，我们不再忽视和回避，只要它对我们叫唤，我们便大声跟它招呼，大声呼唤“德莉莎”。这一招十分管用，刚开始，听见有人叫，它会感到困惑，会停下来，傻傻地看着我们。

渐渐地就熟悉了，为搞好关系，我们开始喂它。吃剩下来的肉骨头鸭架子，专门留在冰箱里保存，到日子就打包带过去。还有快过期的火腿肠，超市里打折的狗粮，反正只要可以哄它就行。德莉莎挺挑食，老杜说它嘴刁得很，一般人喂它，经常看都不看一眼，你们喂它，还肯吃几口，是给你们面子，它知道你们在表示友好，知道你们喜欢它，狗是通人性的，它已经开始喜欢你们。

就像老杜说的那样，我们与德莉莎的关系有了明显改善。汽车刚到，它还会远远吠上几声，一听到我们在招呼“德莉莎”，它立刻噤声，兴奋地冲向铁栏杆，仿佛在跟你打招呼。我们两家挨得太近了，中间只隔着一条窄窄的石板小路，德莉莎隔着铁栏杆跳跃欢迎，让你会有种归家的感觉，因此一安顿下来，我们便赶过去喂德莉莎，一边喂，一边跟它说话。

渐渐地，跟老杜也开始熟悉。我奇怪他为什么会一个人长住在这儿，他解释说是为了德莉莎。在城里住高楼，德莉莎太憋屈。狗是喜欢运动并且不安分的动物，关高楼上肯定不太合适，两条腿的人一直生活在楼上都难以忍受，更何况四条腿的大狼狗。老杜是个退伍军人，自己开了一家公司。我们的谈话与德莉莎多少都会有点关系，首先是它的优良血统，老杜告诉我，所谓优良，什么纯种黑贝，什么纯种藏獒，都是蒙人鬼话。近亲结婚还会养出傻子来，狗的品种培育也是同样道理。纯种不一定是好事，有时候最害人；知道最早的德国牧羊犬是什么样子吗，我告诉你，它是白色的，你可能不相信，真相就是这样，白色的，最早的德国牧羊犬就是白色的。

我不太相信他的话，德国大狼狗怎么可能是白色的。老杜说德莉莎有着非常高贵的血统，有大约50%德国牧羊犬的血统，有30%高加索犬的血统，还有20%属于什么名犬。他让我注意德莉莎的耳朵，说它耳朵很小，这是高加索犬的特征，高加索山区风很大，耳朵大了招风。纯种德国牧羊犬前腿，无论从哪个方向看，都必须绝对笔直，即使蹲着，也会像德国军人一样保持立正，永远是直的，德莉莎的前腿却是能直能弯，它的活动能力超强，比纯粹德国牧羊犬起步更快。与老杜聊天，可以很轻易获得一堆与狗有关的知识，他一直都在给我上课。

老杜的故事很有几分戏剧性，用他自己的话来描述，也算干部家庭出身，父亲是个官员，说大不大说小不小。有兄弟有姐妹，家庭条件不算太好，不算太坏。他上学早，个子比同学矮一头，时常受人欺负。被人欺负的结果有两种，要么一直被人欺负，要么就是改变自己，让自己变得强壮，去欺负别人。

进了初中，老杜开始欺负别人，他开始变强壮，个子也长高了，喜欢和别人打架斗狠。一打架就没法好好读书，他开始和社会上的人打交道。老杜说，打架就是要出手快，下手重，要一下子就把对方打蒙。读高中时，他已经没心思读书，高考恢复了，大家都特别在乎考大学，老杜父母也不例外，希望自己儿子能上大学，可是他突然就不想读书了，开始逃学，开始跟社会上的人鬼混。

老杜说了一个杀狗的故事，让人印象深刻。那是在江西农村，高中快毕业，老杜与几个朋友一起去玩。一个哥们的女友是当地人，有把很漂亮的英吉沙小刀，刀刃也就十几公分，刀把特别合手，抓在手上，好像自然就会有一股力量，要让你去捅一捅试一下。大家一起喝酒，老杜还是高中生，几杯酒下肚，头就晕了，开始玩哥们的英吉沙小刀。这时候，一条草狗正围着他们转，捡肉骨头吃，哥们说你别玩那刀，有能耐的话，就把这条狗给捅了。

老杜说："你以为我不敢？"

哥们说："敢的话，就别废话，捅一刀试试。"

老杜就真捅了一刀，那条草狗的脑袋紧挨着他膝盖，津津有味地正啃肉骨头，一边咀嚼，一边还仰起脖子，小心翼翼对老杜看。老杜用刀在它脑袋碰了两下，轻轻戳它的耳朵，想吓唬它，草狗毫无反应，只顾捡地下的骨头吃。

老杜便对那草狗说了一声：“信不信，我真的敢捅你一刀？”

哥们说：“你他妈倒是捅呀！”

老杜说自己当时年轻气盛，鬼使神差头脑发热，也不知道中了什么邪。反正正好也顺手，狗脑袋就在他手底下乱晃，晃过来晃过去，好像是在逗他，于是高高举起小刀，用力扎了下去，就扎在狗的脑门上，或许还偏后一些，仿佛扎在一个打足气的篮球上，立刻全部扎了进去，外面只剩下一个刀柄。草狗一声不吭，脑袋上带着那把小刀，朝前蹿出去一大步，跌倒在地上，腿还在不停抽动，过了一会儿，咽了气。

这以后，老杜心里产生了一点阴影。杀一条狗，跟杀个人当然不一样，但是，但是事情发生得有些突然，这以后的感觉非常不好。说这个故事的时候，德莉莎就在老杜身边欢腾，他抚摸着它的脑袋，用手点着它的耳朵后面，告诉我当时就戳在那个部位。用劲一扎，刀刃就全部进去了。老杜说他忘不了那草狗的眼神，那种带着防范的小心目光，随时随地害怕被踢一脚的可怜样。乡间草狗出来觅食，挨打被呵斥是经常，它绝对不会想到这个人会要了它的性命。结果便是道歉，哥们赔了一点钱，骂了老杜几句。草狗主人先还不乐意，嘀咕着，板了会儿脸；毕竟熟人带来的，既然人家已道歉，赔了钱，数额也不算小，就没必要太计较。

老杜没考上大学，他直接当了兵。当时对越自卫反击战已结束，中越边境之战还在继续打，要当兵非常容易。老杜很想去打仗，可惜轮到他所在的军区上战场，边境之战已到了尾声，不打了。因为没入党，没提干，退伍后的老杜到市民政局当司机，为领导开车。那年头在民政局当官，很肥，好处很多，领导的司机也跟着沾光，不过老杜并不喜欢这份工作，他脾气倔，不喜欢侍候人，尤其不喜欢侍候当官的，说下海就下海了，很快淘到了第一桶金。

完全是个偶然机会，德莉莎才与老杜相遇。说起来也是缘分，老杜遇到一个喜欢养狗的大老板，这家伙对于狗的门道十分精通，说起来一套一套。生意做得很大，主业是珠宝，不仅养狗，还养马，养了许多名狗名马。老杜去马场玩，看主人换了身时髦行头，戴上一顶有点滑稽的帽子，亲自表演骑马。然后去狗场看狗，观赏各种名犬，那时候，德莉莎还是个肉鼓鼓的小狗崽，老杜看了心生喜欢，抱在手上不肯丢，德莉莎也喜欢他，伸出热乎乎的小舌头，在老杜手臂上舔过来舔过去。

德莉莎完全是让老杜给宠坏的，他把它带回家，在宠物店为它买了一堆玩具，大大小小奶瓶，然后是各种各样罐头，各种品牌狗粮，国产的进口的，哪个贵买哪个。取了个女性化的名字，当作公主来养，专门雇了人来照料。老杜花钱大手大脚，用他的话讲，就是养德莉莎，要比养两名正式员工都费钱。手下有位员工发牢骚，说自己待遇还不如一条狗，话传到老杜耳朵里，觉得又好气又好笑，就把员工喊来训话，说你不服气可以走人，在我眼里，你确实不如一条狗，你说你能和德莉莎比吗，我知道说出这话伤人，事实总归是事实，这个没办法，真没办法改变，我要是说出来德莉莎每月花多少银子，嫉妒死你。

老杜的生意并不完全合法，这话也是他自己说的，具体是什么，我仍然不明白。老杜说做生意嘛，不能太死心眼，要是不会合理避税，没那么点胆子，不冒点险，你他妈就死定了，还赚他妈屁的钱。看得出，他确实有钱，赚钱太容易，根本不把钱当回事，他那辆豪车据说要一百多万。当然，我对老杜的了解，始终不算太清楚，他的一举一动都很神秘。老杜告诉我，在别墅长住的原因，只是为了德莉莎，事实显然不是这样。

很长时间，一直没弄清楚他太太是谁，我这人有点脸盲，女人稍稍化点妆，换一身打扮，立刻分辨不清。经常有花枝招展的女人出现，有中年妇女，也有年轻的小姑娘。我弄不清楚谁才是她太太，有一天，一个染着黄头发的女人在他家赏花，德莉莎对着她狂吠不止。事后我问替老杜喂狗的老蔡，为什么德莉莎会对着老杜老婆一直叫，是不是她染了黄头发，就认不出了。都说越是名贵的狗，越笨，是不是这样。老蔡听了有些迷糊，说哪个黄头发女人，杜总的老婆昨天还来过，没染头发呀。

我知道自己弄错了人，老蔡告诉我，老杜夫妇正闹离婚，都说对方外面有人，都说对方出轨。老蔡说，老杜在这儿长住是为了和老婆分居。看得出来，这家伙有点风流，都说男人有钱就变坏，女人变坏就有钱，老杜有钱，人又帅，既然准备与太太离婚，有点花心也算不上什么事。春暖花开之际，女儿在上海读研究生，我们决定也多住些日子，与老杜接触时间增多，与德莉莎相处的机会就更多了。老杜说是长住，人经常不在；就算在，也是早出晚归。德莉莎和主人不一样，它一直都在，一直关在园子里，一直在很无聊地观察动静，只要看见我们，它会立刻隔着铁栏杆亲切地扑向我们，撞得铁栏杆咚咚直响。

德莉莎显然很寂寞，虽然有老蔡专门喂它，可是主人并没有太多时间陪伴。它更多的时候，只是在园子里孤独散步，跑来跑去，由于动作敏捷，老蔡很担心会跳到园子外面，担心它跑出去伤人，白天开始用一根绳子拴住，这样一来，德莉莎能够活动的范围就更小了。渐渐地，老杜越来越难见面，我曾经问过老蔡，他在忙什么，怎么一天到晚不见人影。老蔡说，我怎么知道老板在忙什么，反正他是忙呗，有忙无忙瞎忙。

老杜每天回来都很晚，经常半夜三更，车还没停稳，德莉莎已开始欢腾。有时候，我刚睡着便被惊醒；有时候在睡梦中，迷迷糊糊地知道是老杜回来了。德莉莎上蹿下跳，动静很大，能听见他在低声地呵斥它。有一天，老杜跟我隔着园子聊天，说现在生意不好做，风声不太好。他并没有告诉我自己做什么生意，只是说生意不好做。这以后不久，老杜突然失踪，人突然没了，连负责看园子的老蔡也不知道他去了哪里。老蔡开始抱怨，说老杜欠他的工资，说老杜要是再不回来，就要真的不管他家的事，说这条狗胃口太大，一般人家谁养得起。

再以后，老杜的太太搬过来住，她不是一个人，还带一个老太太过来，口口声声喊妈。老蔡也不清楚老太太是老杜母亲，还是老杜的丈母娘，因为她们从来不跟老蔡说家里的事。很快老蔡被辞退了，理由是克扣狗粮，在德莉莎的伙食费上报花账。再以后，我刚确凿无疑地弄明白老杜太太长什么模样，这位女主人又突然消失了，代替她的是位中年女佣。从此，我的邻居变成两个女人，成天躲别墅里，很少出来。

这两个女人都不喜欢德莉莎，只要它一叫，她们就对它大骂。有陌生人经过，狗的看家天性必定是要叫唤，作为邻居，我不仅要忍受狗的狂呔，还要忍受两个女人尖利的呵斥。狗吠已是一种骚扰，这两个女人的声音，又变成了另外一种骚扰。她们的声音足够大，言辞足够歹毒，共同点是都非常讨厌德莉莎。老杜不在了，老蔡也不在了，她们是它的新主人，德莉莎摇着尾巴跟在新主人后面，试图讨好她们，可是她们压根就懒得理睬。

德莉莎变得有些忧郁，常常伸长了脖子，守候在铁栏杆边，无望地看着老杜可能出现的路口。它看见我们到达会很激动，非常激动，远远地用凄切声来表达着自己的委屈。它会突然跳得很高，狂吠一声，用这种激烈方式跟我们打招呼。跟往常一样，我们会过去喂德莉莎，它变瘦了，显然有点食物不足，胃口大得出奇，有多少吃多少，迫不及待。我们离开时，它大约也知道这一去，起码是一个星期以后才能过来，于是再一次用近乎哭泣的呜呜声为我们送行。

最离奇和极端的那次，我们要离开时，德莉莎跑了出来。是自己从铁栏杆上跳出来，还是女佣没把门关好，反正是冲我们直奔过来，围着我们摇头晃脑，一定要跟我们走。我太太刚把车门打开，它就蹿了进去，坐驾驶员座位上不肯下去。我太太就说，德莉莎，你坐这儿我怎么开车呢。它好像听懂了我太太说什么，立刻移到副驾驶位置。隔着车窗玻璃，看到了外面正准备拉车门的我，又意识到这应该是我的座位，便蹿到后排去了。我太太回过头，继续跟它说话，说德莉莎赶快下车，你不能跟我们走，不能。它听了这话，干脆钻到后备厢去了。

好不容易才把德莉莎撵下车，好不容易又哄又骗，把它弄回去。显然它是想跟我们走，回去路上，我们感到忧伤，有些舍不得德莉莎。如果老杜在，它绝不会这样。毫无疑问，德莉莎是在想念老杜，它可能以为我们知道老杜在哪儿，以为我们会带它去找老杜。我们因此也假设，如果把德莉莎带回家，又会怎么样。它实在太大，我们担心到时候会控制不住它，德莉莎真要是不听话，撒起野来怎么办，它叫声是那么洪亮，邻居会怎么想，我们毕竟不是它的主人，我们从来也没有养过狗。

只是有几个月没见到德莉莎，再次去，发现老杜家已砌了高高的围墙，整个园子被围了起来。通过问别的邻居才知道，铁栏杆的高度已拦不住德莉莎，它动不动就会跑出来。依稀能听见德莉莎的叫声，可是我们已经没办法再喂它，从围墙边上经过，它还会叫，听见我们的召唤，它仍然还会发出呜咽。

这以后，就见不到德莉莎，它被关在了园子里，只能听见它的叫声，以及两个女人在呵斥。一年后，雨季快来的时候，天热了。有一天，一条柴犬突然跑进来，我们家木围栏很矮，已开始腐烂，狗要想钻进来很容易。很奇怪它的到来，不明白为什么要来做客，别墅区房屋相似，也许认错地方，试着给它喂食，它闻了闻，摇摇头，很挑剔地不肯吃。接下来，赖在园子里不走了，竟然为我们义务看了两天家，有物业过来收管理费，它气势汹汹地对着他乱叫，它一叫，隔壁的德莉莎跟着狂吠。

后来才知道柴犬是条公狗，跑来的目的，只是为了隔壁的德莉莎。德莉莎是条母狗，母狗发情时的气味把公狗吸引了过来。爱情力量十分强大，德莉莎在围墙里乱叫，在挣扎，有时候还会突然咆哮，最后它利用保姆倒垃圾的间隙，以闪电一般的速度跑了出来，在保姆的呵斥声中，与柴犬会合，与它一起逃之夭夭，消失在野外。德莉莎在外面待了几天才回来，然后一切恢复平常，又跟原来一样。

然后，德莉莎怀孕了，生了四条小狗。再后来发生的故事，基本上都得由小区的保安来叙述，因为隔着围墙，大家并不知道里面正在发生什么。可以听见小狗崽的呼叫，德莉莎变得很安静，有陌生人从围墙边经过，经过就经过了，再也不像过去那样狂吠不止。夏天很热，夏天过去了，秋日来临，我和太太去德国一所学校待了一个月，回国后又休整了一段日子，再一次听到德莉莎的声音，已是初冬季节。我们就在设想，小狗崽一定大了很多，它们会是什么样子呢，究竟是像德莉莎，还是像柴犬？一想到那条柴犬，忍不住想笑，德莉莎体形很大，柴犬比它小太多，它们之间的差距，仿佛火柴盒与香烟盒，仿佛吉普车和卡车。

没有听到小狗崽的声音，德莉莎还在，我们招呼它，呼唤它的名字，它不像过去那样做出友好回应，而是很不友好地狂吠起来。女佣在大声呵斥，呵斥也没用，它继续嗥叫，我们一遍遍喊着德莉莎德莉莎，怎么喊也没用。在小区散步，跟保安聊天说起德莉莎，问小狗崽怎么处理了，送给谁收养了。保安说没人收养，谁会收养呢，说那家人也太不讲道理，完全没有公共道德，一点点爱心都没有，你要是不喜欢狗，干吗还要养狗呢。

不明白保安为什么这么说，也不知道过去这段时间，究竟发生了什么。保安告诉我，为了这家的狗交涉过许多次，派出所也不止一次来人，一点用都没有，男主人找不到，女主人也找不到，打电话不接，再打就关机。跟老太太无理可讲，她倚老卖老，张口就是骂人。说起来也是住别墅的人，绝对是个太难缠的业主，先别说物业费赖着不缴，连保姆也凶得不像话，比主人还牛，比主人还凶。

“我们都害怕去跟这两个女人打交道，跟不讲理的人，有什么好说的。就说这家人养的狗吧，那母狗还取了个外国名字，生了小狗，最后你知道怎么样，居然扔到小区的垃圾箱。”

听了有些吃惊，觉得不可思议，保安继续讲述，说是扔到小区另一头的垃圾箱，装在一个黑色拉杆箱里。垃圾工去收垃圾，听见有声音有动静，打开拉链一看，吓一跳，四条活蹦乱跳的小狗崽：

"我们找上门了，她家居然还不承认，坚决不开门，说不是她们家扔的，不是睁着眼睛说瞎话吗。可怜老狗在围墙里嗷嗷乱叫，声音那叫一个惨字，她家就是不开门，就是不开。"

"后来呢？"

"这家人死活不肯承认，像她们这样，认了也没用，根本就不想要那些小狗了。"

"后来呢？"

"都养在会所，有一只最好看，让一位业主给抱走了。"

会所在翻新改造，正在盖房子。所谓养在会所，只是干活的民工看小狗可爱，留下来养着玩，按道理会所不允许养狗。黄昏时散步，我有意走到会所那边，看见三条脏兮兮的小狗草地上追逐，打闹，也许是还小，看上去不像德莉莎，也不像它们的父亲。

想起老杜说过的故事，他说狗是绝对忠诚，一旦认定主人，它永远忠于你。一条狗换过十个主人，结果就是这狗一定会疯掉，为什么呢，因为根本就不知道谁才是它真正的主人。一条好狗要换主人是不容易的，真正的好狗一生只认一个主人。我想德莉莎就像老杜说的那样，它认准了老杜这个主人，它弄不明白老杜为什么消失了。

最后一次看到德莉莎，还是那次想搭我们的车，要跟我们走；之后就是仅闻其声，不见其面，只能听见它在围墙里叫。德莉莎变得狂躁，一有动静就叫个不停，无缘无故也叫。我们渐渐对它失去耐心，它再也不是以往的德莉莎，再也不像以往那样。过去，只要一喊“德莉莎”，它就会停止，就没声了，现在却总是没完没了。

德莉莎最后的故事让人唏嘘不已，冬天小区入住率非常低，大家不约而同选择放弃。南京冬天很冷，会所已完成改造，民工领了工钱准备回家，物业说这里不允许养狗，让他们把喂养的小狗带走。民工来自沛县，那地方有吃狗肉的传统——汉代的刘邦和樊哙就是沛县人——毫不犹豫地把三条小狗杀了吃了。

德莉莎当然不知道三条小狗是这样的结果，保安告诉我，有一段时间，德莉莎动不动会偷跑出来，显然主人存心的，反正小区也没什么人。物业派人去交涉，警告说再这样，要将德莉莎当无主犬处理，老太太不明白什么叫无主犬，等到她和保姆弄明白，立刻表示当无主犬处理好了，她们并不在乎，不会舍不得，能这样最好，德莉莎胃口太好，正愁着养不起呢。

这是德莉莎生命中最后一个冬天，它经常出没在小区里，到处游荡，有时候还会去附近村庄，跟农民家的狗打架。现在农民都富裕了，也不怎么养草狗，要养就是金毛和泰迪，还有哈士奇，德莉莎很厉害，基本上没对手。很快它变得极度凶残，专门袭击有主人呵护的宠物。主人越是呵护，它的进攻越猛烈。春节期间，有业主带着自家心爱的卷毛来度假，结果就被疯狂的德莉莎给咬死了。这是德莉莎一个月内咬死的第二只宠物犬，业主找到物业，希望协调索赔，物业说这家人不讲理，你们还是打 110 报案吧。

于是派出所出面，协调无效，最后警察带了手枪过来，把德莉莎给打死了。德莉莎很机敏，朝它开枪并不容易，想打中它更难，因为它总是往树丛里钻，往有人的地方跑，警察怕开枪会伤到人。

二〇二〇年四月一日　三汊河

像青草一样呼吸

老郎是通过买鞋认识李霞，他来自贫穷山区，大学四年级，买了人生的第一双皮鞋。那年头上大学，困难学生有补助金，上师范有生活费。老郎是恢复高考的第一届大学生，大学前三年，都是只穿一双旧军用黄球鞋。当时最常见的鞋子，是个百货店就能买到，大山里孩子都穿这鞋。

同班的余海涛告诉老郎，他认识一位女营业员，买鞋可以找她。那年头开后门找熟人极其正常，办什么事，都要问认不认识人。老郎请求余海涛带他去买鞋，离学校不远是本市最大的百货商店，在那里，老郎见到了李霞。有缘千里来相会，他第一眼就看上了她。李霞宛若天仙，漂亮极了，老郎一见钟情。

没想过李霞会看上自己，老郎个头矮，人长得黑，说话结巴。很自卑，他没那个胆子，根本没往那方面想。老郎看中的是余海涛脚上那双新皮鞋，只是决定要买同样的一双，买双一模一样的皮鞋。本来十分简单的一件事，付完钱拿货，买了就可以走人。偏偏适合老郎尺寸的鞋没了，不是大，就是小。李霞便说你过几天再来，我们可以进货，这个尺寸肯定会有的，到时候给你留一双。

过了几天，那种尺寸的皮鞋仍然没有。这一次，用不着余海涛再陪，老郎单独去的，他去看看要买的皮鞋有没有到货。李霞说不好意思，还要再等几天，不过你也可以试试别的鞋。她说你要的那双并不怎么样，你看这双也不错，这双就挺好，要不穿穿试试。老郎说不用试，就要我看中的那双，我觉得那个就挺好。他当时只中意余海涛那双鞋，那时候没有撞衫之说，看到别人有什么，羡慕了，就会买同样的。那时候风气都喜欢和别人一样，流行什么都穿什么。

过了几天再去，终于到货了。李霞再次强调，说他看中的那双鞋，真不如她推荐的好看。她的意思是这双更适合他穿，老郎有点犹豫，他吃不准，拿不定主意，想请她帮着选择，说你真的是觉得这双好看吗。他很诚恳地这么一问，原本很热情的李霞反倒有些犹豫，说我觉得应该是这双，不过这是你穿的鞋，当然要看你自己喜欢不喜欢，合脚不合脚。老郎被她一说，更加犹豫不决，毕竟这是他买的第一双皮鞋，不能不慎重，犹豫再三，结果还是买了与余海涛同样款式的那双。他早就先入为主地看上了这双鞋，没想到回去穿了磨脚，前后都感觉不舒服，再看那鞋也不像先前想得那么好看，后悔没听李霞的话。

过一个多星期，又去商场。为什么要去，说不清楚，可能就是想再看一眼李霞。完全是临时起意，到了商场，毫无目的地东张西望，磨磨蹭蹭，最后才转到卖鞋子的柜台。李霞看到他有点吃惊，笑着跟他点头打招呼。她很大方，问他有什么事，老郎就说后悔没听了她的话，不应该买那双鞋，那鞋穿了不舒服。李霞以为他要退鞋，脸色顿时有些不好看，说你要是早点来，可能还能帮你退，现在这样，都过了这么多天，肯定不行了。老郎说我没想退鞋，这样吧，要么再买一双，就买上次你给我推荐的那双。

结果又买了一双鞋，买是买了，也舍不得穿，平时仍然都是穿磨脚的那双。

自从见到李霞，老郎一直会想到她，有点念念不忘。忍不住向余海涛打听，余海涛先说是亲戚，他的远房亲戚，后来终于说实话，南京的姑妈想为他做媒，想把李霞介绍给他。结果与李霞一起看过一场电影，逛了一次公园，没继续深入发展，原因嘛，主要还是觉得不太合适，余海涛带几分遗憾地告诉老郎，说你我关系不错，有事也不瞒你老郎，反正人你也见到了，这个叫李霞的，相貌没有话说，绝对要比我现在的女朋友漂亮。

余海涛女朋友是医科大学生，出身干部家庭，双方大人见过面，婚期也定了。他直截了当地告诉老郎，说讨老婆光长得漂亮还不行，漂亮不能当饭吃，不说门当户对，要感觉对头才行。李霞毕竟是个营业员，余海涛说他不是看不起营业员，只是更愿意有个当医生的老婆，能有个懂医的老婆多好。

老郎问余海涛，李霞是不是喜欢他。余海涛有点得意，说这不好说，也不能瞎说，谁知道呢，可能是有点喜欢吧。风水轮流转，过去的女孩喜欢当兵的，现在女孩喜欢大学生，李霞肯定也会喜欢你，这年头大学生很吃香。老郎觉得李霞不可能喜欢自己，他没余海涛那么自信，知道自己土，知道自己条件差，配不上人家。他是个十足的土包子，第一次去学校游泳池，看见穿游泳衣的女生，吓得赶快退回去，以为跑错地方。老郎内心自卑，认定李霞对他客气，对他好，对他不错，还是因为喜欢余海涛。李霞长得像天仙，余海涛连这样的女子都不想要，真傻到底了。

李霞一直只是把老郎当作余海涛的同学，情不自禁地就会向老郎打探消息。大学说毕业就毕业，余海涛分配去了人事局，老郎去了民政局，有一段时间，老郎几乎每周都去商场转转，东看西逛，电器柜看看，日用品柜看看，最后才去鞋柜，也不买什么，就是为了偷偷看李霞几眼。李霞很耐看，无论哪个角度都好看。买鞋的柜台往往人多，有时候李霞会很忙，老郎总是小心翼翼，不让她注意到自己。

老躲着也不是个事，到后来，老郎开始有意识地接近李霞。要想接近，最简单最直截了当，就是去买鞋。有了工资，手头变宽裕，买鞋成了他的业余爱好。余海涛与女医生已结婚，老郎动不动就去商场买鞋，经常胡乱编些故事，买各种各样的鞋，便宜的处理的，目的都是为了增加接触。老郎说自己有个妹妹，说要为妹妹买鞋，说妹妹的尺寸与李霞正好一样。他不厌其烦地让她试穿，如果李霞觉得好看，真觉得好看，他就会付钱买下来。

有一天，李霞在试鞋子，老郎告诉她余海涛结婚了。李霞听了一怔，表情顿时不太自然，笑着说真的呀，跟谁结婚，新娘子干什么的。老郎说新娘子是鼓楼医院医生，上海医科大学刚毕业。她听了不吭声，不再笑了，只顾低头试鞋。老郎看着李霞黯然神伤，有些同情，又有些说不出的暗自欢喜。

再以后，仍然是断断续续买鞋，每隔一段时间，必定去一次商场，破费一次。时间在流逝，这样持续了差不多两年，有一天，让李霞试穿一双女鞋，老郎发现她怀孕了，肚子已挺出来。他看着她肚子发呆，没好意思问，根本不用问，都明摆着的。挺着大肚子的李霞，看上去别有一种风韵，然而老郎没心情欣赏，只觉得心口有点刺痛，失望的情绪难以控制，不由想起李霞听说余海涛结婚时的那种表情，想起她当时黯然神伤的样子，现在，黯然神伤的应该是老郎。

显然是注意到了老郎的痛苦神情，李霞隐约也猜到些什么。完全凭女人直觉，她知道老郎喜欢自己，要不然，不会这么一次次地来麻烦她。李霞觉得很奇怪，老郎买鞋这事有点神秘，他究竟会为谁买了这些女鞋呢。最初来买鞋，还没什么一定，只是为买鞋而买，什么鞋都会买，看中什么买什么，到后来，买的都是同一尺寸的女鞋。

老郎的悲伤明确无误地都写在了脸上，李霞决定要探索他的秘密，笑着问究竟是为谁这么一次次买鞋，她说我不相信这鞋都是买给你妹妹，你妹妹难道真会要这么多鞋，我觉得给你妹妹买的鞋也太多了。老郎没有直接回答她的提问，他显然无法从痛苦中自拔，傻傻地看着李霞，不说话。

李霞一边帮他试鞋，一边说：

“我觉得这些鞋是买给你女朋友的。”

老郎面色很难看地说：

“我没有女朋友。”

“真是买给你妹妹？”

“我没妹妹。”

“没有？”

“没有。”

没有女朋友，没有妹妹，老郎买的这些鞋子，又是送给谁呢。正在试鞋的李霞毫无头绪，老郎情急之中说出答案，他咬了咬牙，说好吧，把实话告诉你，没女朋友没妹妹，这鞋我都是为你买的。李霞听了不相信，以为在跟自己说笑话，在哄她，便以开玩笑的口吻回敬，说既然为我买，怎么一双都没给我。老郎说现在这双就是送给你的，李霞说真的假的，你不会开玩笑吧。老郎说不是开玩笑，这双鞋就是给你的。

李霞脸有些红，依然还是不相信：

“我要是信你的话才怪呢。”

两人回到柜台，老郎神情沮丧地付钱，准备离开，也不拿李霞试过的那双鞋，李霞隔着柜台对他喊了一声，让他把鞋拿走，老郎回头说了一句：

“不是已经说了，鞋是为你买的，给你了。”

李霞急了，连声说：

“这不行，这不行。”

老郎头也不回，扭头就走，真的就走了。李霞想追过去，这时候，过来一位女营业员，望着老郎背影，想不明白地问这人谁呀，怎么回事。李霞一时也不知道说什么好，掩饰说这人神经病，付了钱，鞋也不拿就走。女营业员觉得事有蹊跷，因为老郎经常过来，她知道他是李霞的熟人，为什么买了鞋又不拿走，这里面肯定有什么原因。

那时候老郎住单身宿舍，床头放个大木箱，里面全是为李霞买的鞋。自从见了李霞，心中总是留着这么一个位置，总是忘不了，日有所思夜有所想。男大当婚女大当嫁，别人给他介绍对象，虽然忘不了李霞，也不排除与别的女孩见面。男女问题上，老郎不是很挑剔，只要相貌说得过去，只有人家不嫌弃。有一位谈得都差不多，都谈婚论嫁，突然发现他的大木箱里，藏了那么多女人鞋子，就跟他闹，就跟他掰了。

渐渐地，老郎开始意识到自己条件还可以。作为恢复高考后的首届大学生，像他这样刚工作的年轻人，真有点余海涛说的那样，很吃香，非常吃香。去民政局报到，人事处女干部看完档案，问的第一句话是有没有女朋友。很快，女干部找老郎谈话，主动为他介绍对象，一个看不上他，紧接着介绍第二个第三个。一个一个又一个，不仅人事处女干部助人为乐，同科室中年妇女似乎都愿意充当媒人。老郎也开始有所改变，既然行情看涨，女方可以挑剔，他同样可以选一下。有一段时间，老郎觉得心里完全放下了，已不太会想到李霞。

有一天，带新女友去商场买鞋，老郎跟她约会过几次，双方都不紧不慢，都模棱两可。很长时间没见李霞，再见时难免心慌，他强作镇定，心里很犹豫，不知道该不该向李霞介绍自己女友，也不知道该不该向女友介绍李霞。先装作不认识，假装没看见，趁女友不注意，偷偷地对李霞点点头。李霞早就看到他了，目光正等着，也对他报以一笑。这一笑意味深长，这一笑电闪雷鸣。女友只顾低头看鞋，看中一双，便走过去试鞋子，试了一双又一双。接待她的是另一位女营业员，李霞轻轻问了老郎一声：

“这你太太？”

老郎笑了笑，不置可否。女友走过来，征求老郎意见，问她看中的鞋好不好，这双好，还是刚刚试的那双好。老郎看了看女友，又看了看李霞，说都挺好，随便哪双。女友对他的回答不满意，又到镜子那边去试，对着镜子照了又照。女营业员逐渐失去耐心，问到底要选择哪一双，到底买不买。女友说当然要买，不买我干吗还要试，你这什么态度。女营业员也火了，说什么态度，你这人脾气这么大，我问一声买不买不行吗，我这态度怎么了。眼看着要发生口角，眼看着已经发生口角，女友颠来倒去，就是那么几句：

“你什么态度？”

“什么态度，就这态度。”

老郎没过去帮腔，也懒得过去劝阻，趁乱问了李霞一句：

“好久不见，你怎么样？”

“什么怎么样？”

“过得怎么样？”

“我吗——挺好，挺好。”

李霞微笑着回答，她的微笑并不是发自于内心深处，似乎还隐藏着另外一层含义。这个微笑有些神秘，这个微笑深不可测，它让老郎感到的是不同寻常，是一种忧伤，是一种无奈。曾经有过的心动，又一次复活了，他立刻忘记了女友的存在。这时候，老郎根本不关心女友正在跟别人发生争执。女友对他来说已经不重要，此时此刻，从李霞的微笑中，老郎捕捉到了只有他才能意会到的重要信息。他觉得她很可能不幸福，挺好也许是很不好。

老郎女友的那双鞋，因为赌气没买成。回去路上，她喋喋不休一直在抱怨，在说女营业员的不是，女友没责怪老郎，没怪他不为自己说话，然而看得出，对他很失望，对自己这位男友非常失望。他们之间的关系目前还很微妙，一起看过电影，一起上过馆子，互相拉过手，不过也是到此为止，没有进一步深入。老郎心不在焉，女友没完没了地说，他无动于衷地听。一路上，老郎都在想李霞，在想分别时她意犹未尽的眼神。李霞目不转睛地看着他，依依不舍，老郎觉得他和李霞之间，好像还有一些话可以说说。

接下来的一晚上，老郎没睡好，颠来倒去想了很多，在想跟李霞说什么和怎么说。第二天，他去了商场，直奔卖鞋柜台，直截了当地要跟李霞谈话。李霞摸不着头脑，说你怎么了，我们有什么好谈的，你想谈什么。老郎说我做了个梦，想跟你说说我的这梦。李霞说我这正在上班，你做梦跟我有什么关系，还要专门跑来跟人说。老郎说我觉得有关系，我们必须要谈一次，我就在这儿等你下班。李霞所在的商场是南京最大的国营商场，老郎也不管她会怎么想，退到一旁去等候了，摆开了阵势：今天这话是非谈不可。

李霞想不明白为什么，只好与一起站柜台的营业员打招呼，说自己走开一会儿，然后跑出来，问老郎到底有什么话要跟她说。商场里人并不多，他们找了个不引人注目的角落，老郎说我做了一个梦，梦到你很不快乐，因此专门跑来问一声，是不是这样。李霞说你这人真神经病，你做梦跟我有什么关系，我快乐不快乐，跟你又有什么关系。老郎说我觉得有关系，就是因为觉得有关系，所以我来了。

那段时间，李霞确实不快乐，她正准备离婚，与丈夫分居已有一段时间。

李霞以为老郎已经知道自己要离婚。

李霞与老郎结婚，曾问过他，要不要办两桌酒，宴请亲朋好友。老郎说用不着，不费那个事，结婚是我们两个人的买卖，干吗要让别人来凑热闹。李霞当时就想，他肯定是觉得她离过婚，有个两岁的儿子，不愿意大张旗鼓。说老实话，她也不想张扬，也不想太多人知道。老郎总说不在乎她离过婚，不在乎她有小孩，然而李霞相信，他肯定还是有些在乎。

李霞不相信，来商场谈话之前，老郎对她要离婚一无所知。尽管老郎这么说，他一直都这么说，李霞始终将信将疑。老郎说我就是癞蛤蟆想吃天鹅肉，不管你为什么离婚，不管你有没有小孩，只要你愿意，我就娶你为妻。他说得斩钉截铁，一言既出驷马难追。在去商场谈话前，老郎对李霞要离婚的事，确实一无所知。他承认自己对李霞念念不忘，不自量力也好，痴心妄想也好，反正她要离婚，对老郎来说，命中注定的一个好机会，所谓天赐良机，不可错过。

直到老郎与李霞的女儿两岁，她才向他坦白，才把当年离婚的原因告诉他。李霞说要论过错，她必须承认过错全在自己。她告诉老郎，自己在结婚的那一年，同时交往了两个男朋友，一个本地人，一个上海人。两个男人她都喜欢，当时也吃不准该和谁结婚，和这个在一起就忘了那个，和那个在一起的时候，又忽视了这个。都只能算精神恋爱，都没有太实际的行为，说句难听的话，就是脚踏两只船，无非逛逛马路，看看电影，吃碗鸭血粉丝汤。上世纪八十年代的人多少还有些保守，男女之间最多玩点暧昧，真要想有什么也不容易。

上海的那个是推销员，嘴很甜，能哄会骗，一会儿说要把李霞弄到上海去，一会又说要到南京来安家落户。要说更中意，还是上海那个略占上风，可是南京这个有着天时地利，接触李霞时间更多，时间多机会也多。近水楼台先得月，抓住机会先成了好事，结果只好领证，领结婚证。上海那位是煮熟的鸭子飞了，心有不甘，大演悲情戏，找了个没人的地方，对着李霞哭得死去活来。南京这位是干部家庭，上海那位便抱怨李霞薄情，嫌贫爱富，看中人家的门第；为证明自己不是贪图富贵，李霞解释来解释去，最后反倒被他钻了空子。

很快李霞怀孕了，也弄不清楚，究竟是哪份爱情的结晶。为此很忐忑，心存一份愧疚，本来只亏欠上海那个，现在更对不住南京这个。南京的这个是她法律上的老公，他有点大大咧咧，根本没往别处想，不会想到婚后不久，儿子刚出生，李霞就会闹离婚。她要离婚的真实原因，简单又复杂，简单是无颜面对老公，做了亏心事，总害怕鬼敲门。复杂是觉得儿子跟两个男人都像，有时候像这个，有时候像那个，越看越像，越琢磨越担心。李霞很自责，越自责，越觉得没办法继续隐瞒。

李霞从来不承认是为了老郎离婚，事实也是这样，早在没告诉他之前，已准备离婚。离了婚，也没立刻决定要嫁老郎，她只是不想继续生活在欺骗的阴影里。纸包不住火，事情早晚都会暴露，与其这样不如那样，不如干脆做个了断。有种事没办法原谅，不可能原谅，伸头一刀，缩头也是一刀，痛痛快快最好。老郎不明白事隔多年，为什么要跟他说这些。有些事翻篇了，结束了，为什么还要再说。李霞肚子里藏不住事，有话非要说出来，这些话藏了三年多，再不跟老郎说，她觉得都快憋死了。然而说了也就说了，老郎只是怔了一下，好像也不是太往心上去。

李霞说："不要不吭声，我想问问你，这事要放你身上，你会怎么想？"

老郎说："什么叫放我身上？"

李霞让老郎不要瞎多心，只是举例子，只是随便问问，真要是这样，会选择跟她离婚吗。老郎说他们既然成为夫妻，无论发生什么，都不会跟她分开。他们的生命已绑在一起，融为一体。老郎说你儿子就是我儿子，还有我们的女儿，我们永远都不会分开，我们这一家永远不会分开。

李霞说："老郎，我觉得你喜欢我，比我喜欢你要更多一些。"

李霞又说："你能不能一直都这么喜欢我呢？"

老郎不知道怎么回答，觉得不用回答，他当然会一直喜欢她。有些话，只能搁在肚子里，说出来就肉麻了。李霞太心直口快，有时候根本不考虑别人感受，看见老郎为她买的那一大箱子皮鞋，不激动也不感动，脱口而出一句：

"太可惜了，好多鞋子都过时了。"

结婚十年，李霞所在的商场改制，原址建造新摩天大楼。对李霞来说就是下岗，变相失业。好在这时候，老郎提升了副处，民政局副处长，官不大，权力不小，吃吃喝喝的机会多了，经常喝得晕乎乎的，人也开始发胖。老郎过去没怎么喝过酒，喝着喝着，发现自己竟然是好酒量，半斤不醉，八两不倒，怎么喝都不糊涂。

李霞歇在家里，开始为他担心，不怕他喝醉，不怕他受贿，最放心不下的是怕他有别的女人。李霞说喝醉了你自己难受，受贿了你自己坐牢，要是有了别的女人，倒霉的可就是我了。刚结婚时，李霞很大度，非常大度，从来就不知道要吃醋。她那时候很自信，对老郎有点居高临下。她的小姐妹警告说，男人都一个样，男人会变的，没有不拈花惹草的男人，关键是看有没有机会。

李霞下了岗，老郎升了官，她的心态突然开始发生变化。变成一个大醋坛子，对老郎一千个不放心，一万个怀疑。老郎不知道为什么会这样，女同事来他家说事，她不仅不给人家好脸色看，事后还像审贼一样拷问。老郎说讲点道理好不好，过去你一直很讲道理，很理智，现在怎么变成这样。李霞的病态多疑很快走向极端，动不动就歇斯底里。刚开始，也没想到这会是一种疾病，医学上有很好的解释，老郎只是不明白为什么，怎么苦口婆心解释都没用。

李霞开始跟踪监视，开始检查他的衣服，里里外外都要琢磨，不放过任何可疑痕迹。开始还是冷战，没多久，升级为摔家伙，把家里刚买的一台彩电都给砸了。老郎为此苦不堪言，都是无中生有，都是无事生非，越来越过分，越来越不像话，闹得接近崩溃。李霞甚至扬言要自杀，有一次还真就割了腕。老郎又苦恼，又心疼，更是害怕。这样足足闹腾三年，没想到一场飞来横祸，让李霞又变成了另外一个人。

这跟新房子的装潢有关，民政局福利好，老郎结婚分过一个小套，升了副处，又分配一个大套，那时候的大套就是三室一厅，非常奢侈。为讨论装修，李霞和姐姐李雪差点闹翻，李雪比李霞大三岁，看了新房很羡慕，随口多夸奖了几句老郎，李霞便怀疑她和妹夫有一腿。李霞说老郎你为什么能混好，因为我有帮夫运，我姐夫为什么越混越差，因为李雪是白虎星，谁沾了都要倒霉。老郎不明白什么叫白虎星，李霞说你跟李雪上过床就知道了。老郎说怎么能这样说自己姐姐，怎么能这样说我。李霞说你连我姐姐都想睡，我为什么不能说，而且李雪也喜欢你，你们不是正合适吗。有那么一段日子，老郎感到非常绝望，李霞完全失去理智，最绝望时，他想到了离家出走。

李霞在去买吊灯时出的车祸，她骑一辆自行车，从装潢市场出来，一辆大卡车从后面开过，轧飞起一块小石头，击中了她后脑勺。当时疼了一下，不明白怎么回事，有路人告诉她，一块石头击中她了。她捂着脑袋有些蒙，依然还能骑自行车，骑出去十分钟，开始感到头晕，下车坐路边草地上休息。一位大妈过来问怎么了，她解释说汽车轧飞一块石头，正好打在了她头上。大妈问什么车，哪辆车，李霞没有印象，记不清了，说着说着，人昏了过去。

幸亏送医院及时，要不然一条小命就没了。在床上昏睡八天，醒过来，人都不认识，完全失忆，不知道自己是谁。这以后是漫长的恢复，渐渐总算认识老郎，认识儿子和女儿，认识她妈和她姐姐李雪，只认识，弄不太清楚这些人和自己什么关系。她的智力水平相当于三岁孩子，喜怒哀乐来得快，去得也快。离开医院，还不能自理，老郎要上班，全靠丈母娘和李雪轮流照顾。

李霞的母亲退休，李雪下岗，正好有时间可以帮老郎照顾。医生说李霞未来很可能就这样了，也可能会突然恢复，最后究竟如何，无法判断。想请保姆，丈母娘不同意，说李霞这样子，保姆会欺负她。接下来，李霞身体有所恢复，智商还成问题，仍然像小孩子一样，吃喝拉撒睡正常，就是不肯与老郎同床。丈母娘和李雪在大床上陪她睡，老郎在儿子房间另搭一张小床，有时候想换老郎过去，李霞便追到小床上，非要与丈母娘或者李雪挤在一起。

都觉得这样不是事，可是也没别的招儿。李雪说我们家李霞怎么了，老郎你是不是做过对不起她的事。老郎说怎么可能，她那脾气你们又不是不知道，吃醋吃成那样，对条母狗我多看两眼都不放心。李雪便笑，便摇头，便想了一招儿，让老郎与她和李霞一起睡。李霞开始犯迷糊，她看到老郎挨着李雪睡，立刻就急了，不允许老郎睡李雪身边。李雪像哄孩子哄她，说你不让我跟老郎睡，那就应该你跟他睡，你不让老郎睡这边，就要让他睡那边。李霞想了想，最后选择自己睡中间，一边是李雪，一边是老郎。

这一招儿挺管用，过不了几天，李霞就接受了老郎，晚上不再要李雪陪。再下来，记忆开始恢复，渐渐接近正常，生活开始能自理。老郎发现她变了，变得心平气和，变得理智，原先的那种病态吃醋，已经不复存在。医生的解释，过分多疑也是一种疾病，突如其来的打击，仿佛为李霞做了一次精准脑部手术，原来的那个病灶消除了。

老郎继续着他的幸福生活，就像刚结婚时一样美好。李霞如今歇在家相夫教子，扮演贤妻良母的角色。儿子考高中，学校离李霞前夫家近，偷偷跟她商量，能不能住到那边去。李霞说去了就别回来，为什么要到他那儿去。儿子闷闷不乐，最后还是去了，也没和老郎招呼。没多久闷闷不乐又回来，说那个家没法住。李霞说你活该，干吗还要回来。老郎安慰他，说别听你妈瞎讲，这里是你的家，当然该回来。儿子说爸不会生我的气吧，老郎说要气也是为什么不跟我说一声，你不在，我们大家都在想你，你妹妹也想你，回来就好，上学路远，我给你买辆电动车。

李霞有时喜欢谈论李雪，说她姐自小要强，说老郎你知道她这辈子什么最不称心，是觉得找的男人不如我。老郎听了不免得意，说知道我最称心的是什么。李霞不知道他要说什么，在等下一句。老郎憋了一会儿，说这辈子最称心是找了你做老婆。李霞不知道老郎说的是不是真话，不过，听他这么说很开心。她笑着说这不一定，说不定你还能找到更好的，我也可能找到更好的，这个很难说。

二〇二〇年四月十三日　三汊河

沉睡的罂粟花

龚薇几乎是在母亲李娟艳的安排下，大大咧咧地去赴了约会，去与那个老男人睡觉。说起来就这么直截了当，说起来就这么不可思议。目的很明确，想法太简单，就是为了她弟的工作，只是为了她弟的工作。新的市体育馆已经完工，失业在家的阿晨想去那儿上班，体育馆是事业编制。那个老男人早就不怀好意，笑着对李娟艳说，让你女儿龚薇过来把这事说说清楚不就完了吗。他不是让李娟艳过去，而是直截了当地点了龚薇的名，用意也太明显，想法也太简单。李娟艳没有拒绝，她这人是不可理喻的重男轻女，心目中只有一个儿子阿晨，龚薇注定了就应该当扶弟魔。

在龚薇记忆中，只要是为了阿晨，为了这个宝贝弟弟，她母亲什么样出格的事，都能做出来。老男人叫周华健，与那位港台歌星同名同姓。不过要说长相，更像另外一位港台电影明星曾志伟，个子很矮，有点胖，喜欢笑容易笑，经常笑得很开心。他是龚薇母亲曾经的同事，曾经一个厂的工人，龚薇自从懂事，就知道她妈的这位同事。周华健与李娟艳同一年初中毕业，同一年进农机厂。李娟艳长得很漂亮，年轻时能歌能舞，好多人追求过她，周华健也应该算是其中之一。他家庭成分不太好，经济条件不行，个子又不够高，李娟艳当年完全没有考虑过他。

三十年河东，三十年河西，风水轮流转。周华健后来当了小组长，当了车间主任，当了厂长。这个厂的规模越来越大，在县里竟然数一数二，再后来，他当了县领导，县升格为市，又成为市领导。人只要一当官，就什么都和过去不一样。或许因为喜欢过龚薇她妈，断断续续与龚薇家总是有些来往。农机厂早就改了名称，李娟艳为自己的工作，为儿子的调动，不止一次找过周华健。周华健很热心，一而再、再而三地帮忙。麻烦次数多了，开始不太耐烦，开始有一搭无一搭地敷衍。李娟艳便感慨，说自己老了，不再像年轻时那么漂亮。人老珠黄，男人嘛，当然是喜欢年轻漂亮的女人。李娟艳说，岁月不饶人，这家伙现在已经看不上我了。

周华健不止一次说龚薇长得像她妈，他喜欢对李娟艳说，一看到你女儿，就想到你当年的样子。他也喜欢对龚薇说，一看到你，就会想到你妈当年的长辫子。颠来倒去，无非当年有贼心没贼胆，不敢公开追求梦中女神。在开始做那件事的时候，周华健又一次重复这样的话题。他笑得很开心，心想的事成了，不敢想的事也成了。龚薇心里咯噔了一下，一股恨意油然而生。周华健说当年与李娟艳一起在车间做翻沙工，注意到她胳膊上汗毛特别长，长长的，细细的，那种黄颜色的绒毛，很浓很密。那时候他就觉得奇怪，就想不明白，女人手臂上的汗毛怎么会长成这样。

龚薇感觉到自己身上正在起鸡皮疙瘩，周华健一直在不停地说，断断续续唠叨，东一句西一句。仿佛准备与龚薇讨论什么，有的话模棱两可，有点下流。事情很快结束了，开始就是结束，开始就已经尾声。周华健有几分遗憾，心有不甘，带着官腔，说我平时可不这样，平时很厉害的，相当厉害。周华健又说，喂，不要不吭声，这种事不能不吭声，你可以随便说些什么。龚薇说你要我说什么，周华健依然是官腔，说说什么都行。龚薇说那我就直说了，你跟我妈，到底有没有过什么事。周华健立刻急了，顿时结巴了，你瞎说什么呢，当然是没有，绝对没有。

一共也就两次，第一次稀里糊涂不了了之。周华健匆匆走了，官腔十足地给司机打电话，让司机过来接自己，又关照龚薇过半小时后再离开，什么也不要管，什么也不要问，把门带上，直接走人就行。地点是市内一家新开张的五星酒店，一间面对长江的套房，高高在上，可以看得很远很远。周华健走了，龚薇大脑里一片空白，她洗了个澡，淋浴龙头下站了许久，站了很长时间。水哗哗地冲下来，因为没戴眼镜，她也分不清眼前的几个小瓶子，哪个是洗发精，哪个是护发素，哪个是沐浴露。

过了几天又约她，还是上次那家酒店，还是上次那房间。说好了时间，周华健在房间里等她，一见面就抱歉，说上次太匆忙，啥事也没来得及说。说你妈给我打过电话，你弟的那个什么事，我一定会帮忙。他显得不慌不忙，仿佛领导跟下属谈话，在关照什么事。龚薇不吭声，什么话也不愿意说。周华健说我洗过澡了，你也去洗一洗。说完，点了一支中华香烟，他平时不怎么抽烟，因此抽烟姿势有些奇怪。

龚薇像个很听话的孩子一样，去洗澡了。她奇怪自己怎么会这么顺从，怎么会这么任人摆布。冲淋浴的时候，龚薇还担心周华健会过来，会突然出现在她面前，很快就觉得荒唐，都已经这样，都已到这一步，还有什么可担心。她裹着浴巾走出来，裹得很紧，直接走到周华健面前。他上身已经裸了，挺着大肚腩，穿一条很紧绷的裤衩，伸出手来，扯龚薇身上的浴巾，扯不开。龚薇往后退了一步，站着不动，周华健便翻身下床，过来拥抱。因为大家都是站着，大家都光着脚，她注意到他个头确实不高，还没有她高。龚薇身高1米68，他看上去可能不到1米65，头发乌黑，很可能是染过的。

浴巾裹得很紧，扯不开，周华健把手伸了进去。这时候，龚薇突然觉得站在自己面前的，不再是叔叔辈的长者，也不是什么市领导，更像一个涉世不深而且顽皮的男孩子。这种感觉让她心情变得很复杂，既生气，又有些愉快，不知所措。她闻到了周华健嘴里淡淡的烟味，龚薇不太喜欢这种味道，虽然她自己经常也会用抽烟来解闷。周华健的手越来越不老实，龚薇用力一推，他便跌坐在床沿上。

龚薇说我们要谈谈，谈谈我弟的事。周华健说你放心，你弟的事，只要是你弟的事情，都好办。龚薇说我只有一个要求，周华健说，我不是说了，不要说了，这个要求，好办，没问题。龚薇却说出了自己的要求，她说她过来，不是要周华健为她弟的事帮什么忙，而是坚决不许他帮这个忙，不许过问她弟阿晨的工作问题。龚薇说，你知道我为什么会让你得逞吗，你为什么那么轻易就占了我的便宜，我就是不想让你管我弟的事，你要是敢帮忙，我就跟你翻脸，我就饶不了你。周华健完全被弄糊涂了，说你在说什么呢，不会是跟我开玩笑吧。

龚薇很认真，说你看我这样，像开玩笑吗。周华健想说像开玩笑，就是在开玩笑。龚薇眉头紧锁，看着她坚定不移的神情，话都到了嘴边，又赶快收回来。龚薇说我没开玩笑，我是认真的，绝对认真。说着，解开紧裹着的浴巾，将浴巾砸在了周华健身上。周华健把浴巾拿开，扔到一边，迷惑不解地问为什么。龚薇说这很简单，我就是要报复，我就是要报复我妈。周华健不太明白，继续问为什么，她说我不是已经说了，就是要报复，我恨她，就是因为恨，你懂不懂。

恨可以是种很奇怪的力量，周华健不太明白为什么，他想不明白，不明白龚薇为什么会恨她妈。事实上，嘴上这么说，龚薇心里也不是完全明白。好在这时候，明白不明白已不太重要。除了恨，除了怨恨，或许太久没做，仿佛是什么东西被唤醒了，接下来，龚薇一直掌握着优势，始终是主动进攻的一方。周华健并没有被她吓着，他本来就是有备而来，相信自己不会像第一次那样狼狈不堪。这方面他可是老手，虽然不再年轻，毕竟久经沙场，毕竟有太多实战经验。权力永远都是最好的春药，生姜还是老的辣，将遇良才棋逢对手，结果便是谁都不愿意甘拜下风，谁都没有输，都赢了。

龚薇老公罗民因为贪污受贿，在监狱已待了三年。他被判十三年徒刑，出事前是规划局副局长。县级市的副局，行政级别相当于副科级，权力却出奇的高。只要愿意贪，只要敢受贿，很多人排着队送钱。罗民有张大专文凭，学的是园林，在乡镇当过副镇长，当过镇长，最后进了规划局，当办公室主任，当副局长。随着城市快速扩张，手中权力越来越大，越来越不像话，越来越肆无忌惮，吃喝嫖赌，什么都干什么都敢。出事在预料之中，说起罗民这个女婿，龚薇她妈常说的一句话，就是你男人迟早都要出事。

没想到老男人周华健很快也会出事，也被宣布双规。消息传了出去，大家都在谈论，都在评估他贪污了多少钱，睡过多少女人。李娟艳幸灾乐祸，说我就知道这家伙跟罗民一样，最后必定不会有什么好下场。或许是最后没帮上忙，没再为自己儿子安排一份心仪的工作，李娟艳对他没有丝毫同情。她不清楚女儿与周华健之间究竟发生了什么，这事最后不清不楚，因为没帮忙，没达到目的，她怀疑龚薇很可能根本没去见他，也可能是见了，只是一般性的会见。李娟艳说幸好没被周华健怎么样，要不然也太吃亏了。她这么跟女儿说话，好像是在说别人。龚薇照例是不吭声，比这更过分的话，李娟艳也说得出口，对付她最好的办法就是保持沉默，就是不理她。

现在的男人都不是东西，李娟艳继续唠叨，继续申讨，说完了周华健说罗民，说完了罗民又说周华健，然后重复，最后便是控诉龚薇父亲，说他这个当爹的怎么没用，怎么没出息。说来说去，总是不肯说一句儿子阿晨的不好，她的逻辑永远是男人不好，女人也不太好，这世界上的人都不好，只有儿子是好的。龚薇已习惯了李娟艳的这个逻辑，她是这个家里的慈禧太后，说什么都是有理，说什么都自以为是。

周华健被双规，龚薇很担心她受到牵连。当年罗民出事，那些与他有纠葛的女人，一个个都被牵扯出来。龚薇早就知道罗民在外面有女人，但是很多具体细节，都是事发后才彻底暴露。罗民不仅有小三，还有小四，也就是说，除了龚薇这个正室，他还有两个情妇。罗民被判刑，其中有个情妇竟然找上门来，问龚薇讨要生活费，说自己儿子是罗民的私生子。说罗民关照过的，他要是出了事，就去找龚薇，就让她管他的儿子，龚薇是罗民的正房太太，她有这个义务，她必须负这个责任。龚薇与罗民有个上初中的女儿，罗民很宠爱这个女儿，然而男人骨子里，难免重男轻女，这个女人气势汹汹地来找龚薇，龚薇对她的一番话深信不疑。

男人一出事，女人常会跟着受罪。与周华健有关系的女人，有关部门据说都会派人调查。没想到这家伙有个嗜好非常可恶，周华健不仅打造了一个后宫，还专门建立了一本花名册，详细记录风花雪月过的女人，记录她们的体貌特征，记录她们的兴趣爱好。周华健有个很滑稽的化名，自称东门官人，那些记录在案的女人，基本上都是真名。花名册不知怎么就流露出去，落到了媒体手里，最后通过南方一网站公布出来。尽管做了技术处理，打了很多马赛克，但是在小城不可能不引起轰动，不可能不引起轩然大波。一时间，到处都在说这个花名册，好事者按图索骥，立刻该对号的对号，能入座的入座。

龚薇一度有点担心，可以说非常担心，担心花名册上会有自己名字。不出事不是事，一出事都是事。担心会牵涉到她，担心有人找上门来调查，见到陌生人就心慌。结果白白担心了一段日子，等到雨过天晴风平浪静，不免又有点失落。觉得自己被忽视了，说明人家根本没拿她当回事，她连入花名册的资格都没有。当然，也许还存在另外一种可能性，所谓的花名册并不存在，这个世界上，许多传言有鼻子有眼，说得都跟真的似的，其实都是他妈的胡说八道。

周华健双规后，龚薇一直都在想，要不要向狱中的老公罗民坦白。事实上，早在周华健还没被抓之前，她始终也在盘算要不要把这事说出来。龚薇曾经告诉周华健，说自己跟他出轨，只是为了报复她妈。话虽然这么说，无论周华健，还是龚薇自己，都知道这个不是真相，起码是不完全的真相。真相究竟是什么呢，说不清楚。在这个世界上，很多事情本来没真相，或者说根本没有真相。龚薇口口声声说恨李娟艳，然而心里最清楚，她一生都在讨母亲好，李娟艳让干什么，她就会乖乖地干什么，自己最恨的人是母亲，最爱的也是母亲。同样道理，龚薇嘴上没说自己是为了报复她老公罗民，她没这么说，不等于没这么想。

周华健不明白龚薇为什么会那么恨李娟艳，龚薇的解释并不足以说服人，她说之所以会恨自己母亲，是因为老公出事前，给了她娘家太多帮助，给了她娘家无数好处，一旦女婿出事，李娟艳这个忘恩负义的丈母娘，除了一个劲让女儿离婚，什么忙都不肯帮，不帮忙也算了，还一天到晚在背后说女婿坏话。周华健觉得龚薇描述得有点夸张，没有那么严重，不会那么过分，他觉得李娟艳不可能像她说那样不近人情。

周华健用长辈和口吻劝慰，心平气和地说："我不相信，李娟艳怎么可能像你说的那样，你一定是误会她了。"

龚薇斩钉截铁，说："没有误会，我太知道她心里怎么想的。"

"你妈可能也是为你好。"

"为我好？"

断断续续的对话，有一搭没一搭。过了一会儿，周华健突然冒出来这么一句，说你老公的事，当时要是肯来找我，我倒是可能帮上一些忙的，你那时候怎么没想到来找我呢。龚薇不想说这个，尤其不想在这个时间节点上谈论。她没有接周华健的话茬，知道自己不可能这么做，不会这么做。当年罗民出事，她要是真去找周华健，结果肯定也会和今天是一样，就是坚决不允许他干涉，不需要周华健帮忙，她不需要面前的这个老男人出手相救自己老公。罗民出事是罪有应得，他出事是他活该。

过去的三年中，龚薇只去探过一次监。三年后，又一次探监，仍然是带着一股怨气去的，去的目的很简单，就是要气一气罗民，就是要去伤害他，要让他难受，要让他在监狱里度日如年。见面时，隔着铁丝网，隔着大玻璃，两个人近在咫尺，只能打电话。罗民没想到她会来，她来得有些突然，太突然。

看着龚薇眼睛中的怒火，罗民知道来者不善，知道这次见面会非同寻常。在服刑的日子里，劳动改造之外，自学法律成了罗民的业余爱好。现实已经摆在面前，法律保护不了他，看法律书籍，只是为了抵抗无聊，只是为了打发时间。对于服刑人员离婚的法律条款，他早就背得滚瓜烂熟，无论协议离婚，还是诉讼离婚，都做好了充分准备。他知道这一天迟早会来，龚薇越是不来探监，越是不肯与他见面，越是说明离婚不可避免。

探监通常只有半小时，然而前面的三分钟，龚薇看着罗民，不说话。她不说话，罗民一时也不知道说什么好。就这么僵持着，最后，还是罗民先开口，说既然来了，想说什么就说吧，说什么都行，我们恐怕得抓紧时间。龚薇说，还能记得我上次来问你的话，你没忘吧。罗民说你问什么了，时间太长，我记不清了。龚薇说，我问你，你跟那女人，是不是有个儿子。罗民急了，说干吗又要提这个，老是说这个有什么意思。因为是拿着电话，隔着铁丝网和玻璃窗，龚薇说话的样子有些怪，罗民听话的样子，也有些怪。感觉是有时差，各自的声音要通过电线，传输到很远的世界尽头，再中转回来，说的人恨不能一字一顿，听的人必须全神贯注。

龚薇说，我们有个女儿，这女儿，是我在帮你养。

龚薇又说，你还有个儿子，有个私生子，也是我在帮你养，你知道不知道。

罗民有些听不明白，眼睛瞪多大。龚薇不看他，不看他的眼睛，看着眼前的铁丝网，说那个女人，每个月，到日子就来找她要钱，到日子就来。罗民听了有些结巴，说她凭什么，凭什么找你要钱。龚薇说她说了，是你的儿子，你不在，她就要找龚薇要。罗民说你不要理这个人，你根本就不要理她。龚薇说我是不应该理她，我应该跟她说，让她到这儿来找你，对了，她有没有来，她应该到这儿来才对，她来了没有。罗民顿时语塞，龚薇又问了一遍，他连忙诅咒发誓，说她没有来，绝对没来过，她怎么可能来呢。

龚薇说我过来就是为了告诉你一声，为了你的那个儿子，我每个月都还要往外拿钱。罗民依然不明白她过来的目的，不明白为什么。这么长时间不见面，好不容易见到，龚薇实在没必要再为这事兴师问罪，要想离婚的话，她掌握着绝对主动权，根本不需要再找理由。罗民早憋着一肚子的火，直截了当地表态，说也别绕弯子了，你来想干什么，你要干什么，有话直接说，我都到这一步，没什么大不了的，我都能接受。龚薇说我来，就是想告诉你，就是想跟你说一声，你那儿子，你那个私生子，我现在还在替你付钱养着呢。罗民忍无可忍，说你没必要跟我说这个，说这个有什么意思，你根本不用管，是不是我儿子，跟你有关系吗，没关系，我说你跑这儿来，跟我说这个，就为了唠叨这个，有意思吗。

罗民再次重申，能不能有话就直说，不要再绕弯子，想说什么就说什么，有话就说有屁快放，你要是想跟我离婚，没问题，我成全你。龚薇说我今天过来，只想心平气和说两件事。罗民说你说吧，我听着呢。龚薇说这第一件，还是要告诉你，你那儿子，我每月都在付生活费。罗民不能不急，说颠来倒去，还是在说这个。龚薇说好吧，那告诉你第二件事，我给你带来了一件礼物，这礼物是你应该得的，早就应该得了。说着停顿下来，罗民在等待下文，龚薇却卖关子，不往下说。

罗民很不耐烦："能不能抓紧一点时间。"

龚薇冷笑，悠悠地来了一句："我呢，还带了一顶绿帽子过来。"

罗民气得扔下电话，站起来，看着对面的龚薇，怒目而视，过了一会儿，又弯下腰，拿起电话，问：

"我想知道是谁，这人我认识吗？"

"你认识。"

"谁？"

龚薇随口报了一个人名，本来要把与周华健的事说出来，她过来就是想说这个，话到嘴边，突然改变主意，灵机一动，说了另外一个人的名字。事情有些荒唐，很荒唐，太荒唐，完全脱离既定轨道。龚薇并没有说出周华健，坦白交代的不是周华健这个老男人，而是另外一个人，一个毫不相干的年轻小伙子。这个男人又是谁呢，是罗民的表弟韩进军，她老公曾经的司机和马仔，罗民姑妈的儿子，三年前就出车祸死了。罗民并不知道进军已死，他吃了一惊，目瞪口呆，做梦也不会想到这样。

话既然从龚薇嘴里说出来，想错也错不了，不相信也得相信。将心比心，龚薇出轨不会让罗民感到太意外，意外的是出轨对象，竟然会是他表弟。显然是有一点即兴表演，龚薇也解释不清楚她为什么会这样做，为什么会突然刹车，突然想到了罗民的表弟进军，为什么会突然想到这么拙劣的一招，为什么想到用进军来为自己打掩护。事后回想，原因也很简单，并没有太多复杂。在准备坦白出轨的最后时刻，龚薇突然又后悔了，不是想保护周华健，也不是想保护自己，只是不想再伤害罗民。该做的做了，不该做的也做了，她已经报复过了，没必要继续伤害。人在做，天在看，罗民得到了应有惩罚，在监狱里已服了三年刑，还有漫长的十年刑期等着他。

突然间，对罗民的种种恨意，对他的所有不满，非常神奇地都消失了。突然间，龚薇想到了罗民以往的许多好处，想到了他对自己的爱护，想到了自己对他的依恋。她想到了罗民为龚家做的太多事情，说老实话，自己老公走到今天这一步，龚薇有责任，龚薇的母亲李娟艳也有责任。当初与罗民结婚，李娟艳横竖不赞同，嫌罗民家太穷，是农村户口。就算是结婚以后，对这个女婿，她也没什么好话，觉得女儿只是鬼迷心窍，看中了罗民人长得还算神气，男人光是长得好看又有什么用。

开弓没有回头箭，既然话已说出来，既然已经说给罗民戴上了绿帽子，话都说到了这一步，也无路可退，龚薇只好临时改口，把原本无辜的进军给扯了进来。罗民脸色十分难看，对龚薇的话深信不疑，他关在监狱里想了很多，似乎早就料到会有这一步棋。接下来，双方都沉默，罗民抓着电话沉思，不吭声。龚薇看着他，也不吭声。过了一会儿，他抬起头来，冷冷地问了一声：

“你怎么过来的，进军送你来的？”

龚薇怔了一下，不明白罗民的意思。很快想明白了，罗民根本就不知道进军出车祸，他以为进军还活着，还在人世间。于是龚薇忍不住笑了，觉得挺有趣，笑着说，对，在外面等着呢。她的反应很冷静十分自然，好像是让他给猜着了，又故意做出不在乎的样子。罗民沮丧地低下头，看了看手中的电话，无话可说。龚薇说过些日子，我还会来看你，你需要什么，想吃什么，我给你带。罗民说我不需要，谢谢了，用不着你再操心。说完扔下电话，站起来，冷冷地看了龚薇一眼，转身走了。

这以后每过一个月左右，龚薇都会去探监，为罗民带些食物，带几本他想看的书。罗民有些出乎意料，猜不透她的想法，说你要想离婚，就离好了，我没问题，我会成全你的。龚薇说我才不跟你离呢，要想离的话，也就不会来看你了。每次来，罗民都以为是表弟送她来的，都以为进军在外面等她。龚薇觉得这个误会很有意思，索性将错就错，先是默认，后来就干脆做戏给罗民看，好像外面真有个男人在等她，好像进军就真的在监狱大门口候着。

有一次，罗民很大度地说："让进军进来好了，没必要老是在外面等着。"

龚薇说："没事，让他等着好了。"

罗民黯然神伤，说："事情反正已这样了，我无所谓，他也用不着不好意思见我。"

"这话什么意思？"

"没什么意思。"

"什么叫没什么意思？"

罗民又不知道如何往下说，停顿了一下，看着龚薇，问进军是不是跟他老婆离了。龚薇说没有，说干吗非要离呢，这样不是也挺好。罗民说什么叫挺好，好在哪里了。龚薇说像现在这样，能有个人送我来监狱看你，这不是挺好吗。罗民知道她是在故意刺激自己，知道她是在故意挑逗，他差一点要发作，差一点就要暴跳，可是一想到自己过去得意时，曾经也是那样地对待龚薇，也就忍了。大丈夫能屈能伸，男人只要肯忍，什么都能忍，什么都可以过得去。罗民说你用不着再来看我，我挺好，你不要再来了，你这么过来，我心里并不好受。龚薇听了，眼圈立刻红了，说你觉得我心里会好受吗，你觉得我对你过去做的那些破事，真的就一点也不在乎吗。

罗民知道龚薇是在乎的，知道她很在乎，知道她只是装着不在乎。

罗民真的坐了十三年牢，整整十三年，出狱时，龚薇去接他，两人一见面，她就说监狱里的东西，不要了，都不要了，绝对不能要，晦气，赶快都扔了。罗民以为表弟进军会一起过来，会开车来接他，出了监狱大门，没看见他的车，便问龚薇怎么回家。龚薇说怎么回家，坐公共汽车，不过告诉你，到汽车站，要走好长的一段路。

罗民说："为什么不让进军开车送你？"

龚薇说："你希望他送我，你希望他来接你？"

罗民不说话，不知道说什么好。龚薇说你是真不知道，还是装着不知道，不知道进军早死了。罗民吃了一惊，他可是真不知道。罗民不知道在自己刚判刑的那一年，进军就出车祸死了，也不知道进军老婆早就改嫁。听了龚薇的一番话，罗民非常意外，太意外，有些蒙圈，转不过弯来。他恍然大悟，说这些年，难道都是在骗我，为什么，为什么要骗我呢。龚薇说我也不知道为什么，就是想气气你，让你在监狱里日子不好过，让你恨我，让你也尝尝恨的滋味。罗民听了苦笑，说你这又是何苦，有这个必要吗。龚薇说有必要，很有必要。

去公共汽车站要走很长的一段路，罗民总算想通了，心情顿时变得愉快，说我现在明白了，你为什么让我把监狱的东西都扔了，要走这么长一段路，拿着太重。龚薇说不是重，是晦气，我已经说过了，晦气懂不懂。终于到公共汽车站，是始发站，一辆空车停在那儿，两人上车挨着坐下。龚薇说罗民你想想好，从监狱出来，你是跟我过，还是跟你那位小三过。罗民说你说什么呢，当然是跟你，我跟她早就没事了。龚薇说怎么能说没事，你们不是还有个儿子，这些年，你的这个宝贝儿子，生活费一直都是我在出。

罗民说：“那是你傻，我告诉你，他是不是我儿子都说不定，真的说不定，这女人还有别的男人，就你傻，还付什么生活费，你太傻了。”

“我确实是傻，不过要告诉你，既然还准备跟我过，要是再跟那女人有什么，我饶不了你。”

罗民苦笑，很认真地看着龚薇，说不要说你饶不了我，我恐怕也饶不了自己。这时候司机来了，是个胖胖的女司机，车上还没有几个人。公交车开始启动，接下来，龚薇不打算说话，她望着窗外，默默不语无话可说。罗民也不吭声，摸到她的手，抓住了，捏了又捏，捏了再捏。这时候，他的脑子里在胡思乱想，在想进军，在想那个让他辗转反侧，让他在牢房里睡不着觉的表弟。表弟进军也是个美男子，长得很帅气，罗民的思维开始变得很活跃，想入非非，从表弟进军的相貌，又想到了表弟媳妇，表弟媳妇叫樱子，一个很漂亮的小女人，皮肤很白，一条又粗又壮的大辫子，进军早死了，漂亮的表弟媳妇樱子也嫁人了。

二〇二〇年九月七日　三汉河

灰色丝绒大衣

1

云裳姓陈，很漂亮的一个女孩。时间是一九三六年深秋，地点在南京。这个叫云裳的女孩正读初二，读的是一所非常有名的女子中学。在这学校读书的女生，非富即贵，都是有钱有势家庭的千金。上学放学有人接送，有的直接是坐小汽车。接送云裳的是老邓，陈家女眷出门，通常都是坐老邓的三轮车。云裳家也有小汽车，不过是她爸的专车，别人很少有机会坐，除了云裳的哥哥云龙，云龙是这个家里的独子，只有他才能享受这种特权。

就是在这个深秋，一向多愁善感的云裳，突然感到一种说不出的惆怅。那时候，学校的女生流行穿像风衣一样的大衣，转眼间，几乎人手一件，都打扮得像好莱坞电影上的女明星。确实与看过的美国电影有关，反正一下子就流行起来，大家都穿，谁不穿件大衣，都不好意思去上学。女校有校服，天气凉了，校服外套上一件风衣似的大衣显得正合适。

云裳也想有件与大家一样的漂亮大衣，她向自己的姨娘提了出来。姨娘其实是云裳亲妈，是她爸的姨太太，云裳是庶出，自小就称呼自己亲妈叫姨娘，叫她爸的正房太太为姆妈。姨娘说你跟我说又有什么用，当然是跟你姆妈去说，我是不会给你钱的。云裳知道姨娘会这么说，虽然她是她的亲妈，云裳一点也不喜欢她。云裳是姨娘生的，这个出身害得她在这个家里的地位大打折扣。

姨娘一共生了两个孩子，还有一个就是云龙。云龙是陈家的独苗，与云裳一样，他也喊亲妈是姨娘，喊大太太是姆妈，可是因为是男的，在这个家的地位截然不同。姆妈生了四个女儿，云龙一生下来，就抱到她那儿去养护，宠爱得不得了。与云裳一样，云龙对自己亲妈也谈不上喜欢，直到上了小学，才知道自己是姨娘生的，为此他很生气，在家里乱摔东西，不承认姨娘是他亲妈。

姆妈很严肃地对云裳说，为什么非要穿大衣呢，你觉得冷，外面罩上棉袄不就行了，女孩子，不要老想着要臭美，这样不好。

云裳每天都与云龙同路，他们学校挨得很近，就隔着一堵高高的围墙，老邓正好送他们两个一起上学。云龙知道妹妹想买大衣，知道姆妈不同意，就对小自己两岁的云裳说，这还不好办，哥帮你买好了。在这个家里，对云裳最好的就是云龙，他特别爱护这个小妹妹。云龙是家里的小皇帝，因为有姆妈宠着，他可以无法无天，同父异母的四个姐姐都把他当作小祖宗一样供着，都不敢招惹他。他说要拿钱出来为云裳买件大衣，确实是件很容易的事，但是云裳不敢让他为自己花钱，买了也不敢穿，姆妈在这个家里有着绝对权威，她说不行，那就是不行。

云裳的同学问她，说云裳你为什么不穿大衣呢，你看我们差不多都穿了，就像我身上的这件，太平路上好几家店里都有，正宗的美国货。云裳掩饰说自己不喜欢穿大衣，她没觉得大衣穿在身上有什么好看。这个学校没有穷孩子，好几个同学也是姨太太生的，与云裳不一样，同样是姨太太生的，她们的母亲比正房太太更厉害，都是花钱的大好佬，特别舍得在孩子身上花钱，怎么时髦怎么打扮。

2

有一天，云龙心血来潮，宣布要亲手为云裳做件大衣。他已经认真研究过，觉得这事很容易。云龙相信他做的大衣，肯定会比买的更好看。姆妈只当是说着玩玩，没想到他翻箱倒柜，从橱里找了一条毛毯出来，二话不说就动了剪刀，将好端端一条毛毯中间剪了一个大口子。负责照看他的女仆急了，说小祖宗啊，这么好的一条毯子，就让你给剪了，太太知道了，非骂你不可。

姆妈知道了，没骂他，反倒骂了云裳，说都怪你丫头，都怪你要买什么大衣。反正毛毯都剪坏了，骂谁也没用，只好由着云龙的性子胡来。他参照的是电影画报，仿佛古代欧洲骑士驰骋时的披风，看着容易，真做起来完全不是那么回事，姆妈让会做针线活的女仆崔妈帮忙，云龙在一旁指手画脚，崔妈便按照他的意思加工。领口应该怎么样，袖口应该样，还有口袋放在什么位置，纽扣在什么位置。云龙一个劲地说，一边说，一边急，崔妈被他说得束手无策，不知道该怎么办。最后还是云裳帮着出主意，崔妈不得要领，云龙急得直跺脚，埋怨说你真笨，跟你说不要这样，不要这样，你非要这样，你看你看，不是这样的。

前前后后花了六天，才算完工，已经不是最初设想的那样，更不是云裳希望的那样。结果是不伦不类，有点怪模怪样。姆妈又一次责怪云裳，说都是你撺掇云龙干的，好好的一条俄罗斯毛毯，多么好的料子，就这么糟践了，现在好了，你总算称心了。不管怎么好看不好看，既然已经做出来了，姆妈说你就要穿，必须得穿。云裳只好服从，只能穿，她房间书桌上有一面小镜子，那种可以抓在手上的镜子，从镜子照了左肩，看不到右肩，照着前胸，又看不到旁边的两个袖管，往远处放，她是近视眼，看不真切。

女仆安慰说，这不是挺好吗，我觉得很好看。

云裳说好看什么，肯定是丑死了。

云裳问云龙觉得怎么样，云龙说就这样。云裳说什么叫就这样，到底是怎么样。云龙说如果你觉得好看，就是好看；你如果觉得不好看，就是不好看。云裳说你这话等于没说，肯定是不好看，你才会这样说。云龙大大咧咧，又认真地看了一眼，说我真没觉得不好看，当然呢，也没觉得特别好看，不就是一件大衣吗，你干吗要那么在乎。

云龙不明白云裳为什么会那么在乎一件大衣，然而云裳是真的在乎，非常在乎，她一定要让云龙陪她去大街上照镜子。她家住在杨公井，出了院子门，走不多远就是繁华热闹的太平路。太平路是当时南京最热闹的街区，商店林立，到处闪耀着霓虹灯。天刚刚黑下来，他们来到商店的大玻璃窗前，想通过橱窗的大玻璃，照出云裳的全身。

橱窗里的电灯太亮了，云裳的设想完全落空，她只能看见橱窗里的摆设，根本看不清楚自己。自己只是一个很模糊的影子，若有若无似是而非。云裳看到了一排排口红，像子弹匣一样排列着。一条鲜艳光亮的丝围巾，折成了一只只飞翔的蝴蝶，挂在半空中。一个木制的女模特站在橱窗中间，身上披着一件灰色的丝绒大衣，那可是云裳心目中最美的一件大衣，她已经偷偷地注视过无数遍。

云裳情不自禁地说了一句，你不觉得这件大衣太好看了吗。云龙看着橱窗里的灰色丝绒大衣，看着云裳非常仰慕的目光，笑着说这是女人穿的，你还是个女孩子，是个小姑娘，要等你大一点才能穿。云裳不同意云龙的话，说她好几个同学都有这样一件大衣，穿在身上真的很好看，太好看了。云龙说你这么喜欢，我回去跟姆妈说，让她为你买一件就是了。云裳说姆妈不会同意的，她肯定不会同意，我不要你说。云龙说我用我的钱帮你买，你既然喜欢，我帮你买。云裳听了很开心，心里已经非常领情。她知道云龙是家里的大少爷，但是姆妈才是这个家的慈禧太后，什么事都要她说才行，都必须是她做主，云裳可不愿意云龙为了她挨骂。

往前走一点，是一家糖果店的橱窗，篮子里搁着各式糖果。再往前走，是卖鞋子的，架子上展示着一双双好看的皮鞋，男人穿的黑皮鞋，咖啡色皮鞋，女人穿的高跟鞋，红皮鞋。然后是一家理发店，有个年轻帅气的伙计站在门口，招呼他们兄妹进去。透过玻璃窗，云裳注意到店里一位剃头师傅正歪在椅子上打瞌睡。灯光有些暗淡，从橱窗的大玻璃上映出了兄妹俩的影像，只能看出一个大概，不是很清晰，云裳仍然感觉不出自己的大衣到底合适不合适。她让云龙往旁边站站，自己在原地打了一个转，不是很有信心地问云龙：

“我身上这件大衣，是不是很难看？”

云龙没理她，这话云裳说过好多遍了，他不愿意再回答。

云裳又说：

“我知道，就是难看，你也不会肯说出来。”

云龙的身材像父亲，不是很高大。云裳像姨娘，个子很高。男女有别，他们兄妹并排站在一起，个子几乎一样高。云裳说我要是穿上高跟皮鞋，肯定会比你高。说着略略踮起脚，说你看，我现在都快比你高了。她和云龙在一起，心情总是会特别好。这个家里，只有云龙这个哥哥最疼她，同父异母的大姐二姐，岁数比姨娘还大，她们永远是板着面孔，永远是用一种大人管小孩的口吻教训，不许这样，不许那样。三姐和四姐很少跟云裳说话，几个姐姐都出嫁了，她们回到娘家，只知道给弟弟云龙带东西，根本不把小妹妹云裳放在眼里。

云裳父亲是大律师，很能挣钱，总是很忙的样子，天天坐着小汽车进出。家里的事很少过问，里外都是姆妈在掌握。有一天是姆妈生日，去小西湖餐厅上馆子，父亲看完报纸，气得往桌上一扔，说真是胡闹，这样一来，天下非大乱不可。原来是西安发生了政变，把蒋委员长扣了。过些日子，又没事了，蒋委员长回到南京，南京城到处都放爆竹，庆祝他平安脱险。云裳的学校组织游行，街上有许多看热闹的，对着女生队伍指指点点，评头论足。与云裳并排走的同学就对她说，这些人一定是觉得你这件大衣很奇怪。说者无心，听者很往心上去，云裳顿时想把身上的大衣脱了扔了。天气有点凉，她只是这么想，并没有真的脱，脱了也不敢扔，抓在手上更不合适。

从此，云裳有了严重的心病，越想越觉得自己的大衣难看。难看也不能不穿，学校里没人再穿棉袄，所有女生都会有件漂亮的大衣。云裳因此闷闷不乐，整个冬天心里都不痛快。一直熬到春天，终于可以脱了，可以不用再穿这件该死的大衣。云裳便向云龙抱怨，她告诉他，说自己终于不用再受那个罪。她已经恨透了这件大衣，说这事怪来怪去，都要怪云龙，是他害得云裳不得不穿它，是他别出心裁，为她弄了一件这么奇奇怪怪的大衣，说来说去，都要怪他。

3

在这一年夏天，云龙考上了杭州的浙江大学。云裳问为什么要去杭州读书，他说杭州多好玩呀，有西湖，西湖很大的，等有了机会，带你到西湖上去划船。云裳舍不得他走，说你去了，我真会想你的。没想到抗战突然就爆发了，炮火连天，在上海打得难解难分，云龙去杭州没几天，便跟着学校西迁，先是去了浙江的建德，然后又去了江西的吉安，然后是广西，再然后才是贵州的遵义。从大学一年级到三年级，就没有安生过，总是在搬家，永远在撤退。

国难当头，同学们心情都很苦闷，往贵州迁移的时候，昆仑关战役打响了，几个同学便在一起开会，说我们干脆做些更有意义的实事，组织一个战地服务团，到前线去慰问抗战将士。云龙会吹口琴，他口琴吹得非常棒，就报名参加，真的去了前线。所谓去前线，当然不是扛枪打仗，能做的事情，无非是慰问演出，到战地医院帮助救护伤员，代从战场上撤退下来的士兵写家信，当时士兵中还有许多不识字的文盲。昆仑关战役打得很艰苦，中日双方各自死伤惨重，都宣布自己大捷，都说自己打胜了。

战役接近尾声，云龙所在的服务团被日军的一场突袭冲散了。事前大家曾有过约定，遇到特殊情况，与队伍失去了联系，各自分散了，就要想方设法赶往遵义。战地服务团是在迁移途中成立的，他们出发时，学校还没到达目的地遵义。现在学校不仅已到了遵义，而且早就安顿下来，正式开始复课。分散逃跑的过程中，云龙非常慌乱，这可是从未遇到过的状况，自小他就是一个衣来伸手饭来张口的少爷，上了大学，虽然也经历了一些锻炼，毕竟过的是集体生活，有学校管吃管喝，如今真要让他独自面对，真不知道应该怎么办。

去国统区的道路封锁了，学校所在地遵义遥不可及。云龙这样的学生娃子，混在逃难的人群中很显眼，一下子就被日本人识别出来。他怎么看都不像个当兵的，也不太像普通老百姓，日本兵把他抓住了，扣也不是，放也不是，最后便交给伪军，由伪军看管，与其他战俘一起，押送到汉口进行甄别。

这时候，汪精卫的南京伪政府正式宣告成立，拥护汪的和平救国大标语，刷得到处都是。云龙在收容所关了一阵，也就释放了。收容所吃的是难以下咽的猪狗食，好歹还有人管饭，流落汉口街头，就是真的饿肚子。云龙充分品尝到了走投无路的滋味，他身上有一张类似良民证的身份证明，凭着这张纸条子并没人肯管他饭吃。按照云龙的心思，应该想办法去遵义，去学校与老师和同学会合。不过光是设想没有用，身无分文的云龙寸步难行，给南京的家里写信，让家里给他寄钱，远水救不了近火。

当时的汉口与首都南京一样，属于民国八个特别市之一，战前也曾经是很繁华，经过三年抗战洗礼，满眼破败迹象。昔日老字号店铺有的倒闭，有的易主。云龙在一家日本人开的旧货铺前游荡，鬼使神差，他也不明白怎么就流落到了这条街上，沿街好几家店面，都是日本侨民的商铺，店主竟然还会说中国话。云龙注意到了那件灰色丝绒大衣，挂在店铺门口铁丝上，各式各样衣服很多，有新有旧，他的目光却盯在了这件大衣上不肯离开。

这件灰色丝绒大衣，与南京太平路玻璃橱窗里云裳看中的那件几乎一模一样，起码云龙这么认为。此时此刻乍暖还寒，这件大衣勾起了浓郁的思乡之情；转眼间，离家已经两年多，云龙无限怀念在家的日子，怀念自己的妹妹云裳。他甚至产生一种错觉，感觉云裳这时候正和他站在一起，她就站在他身边，他们正一起欣赏眼前的这件灰色丝绒大衣。店主有两个女儿，小的七八岁，大的十一二岁，云龙觉得这两个女孩都像自己的妹妹，都仿佛云裳小时候的样子。

急中可以生智，从一张遗弃街头的旧报纸上，云龙读到荆陵先生正在连载的小说。这个叫荆陵的小说家是安徽铜陵人，长居汉口，是云龙父亲的学生，本来正经八百学法律，不知道怎么就写起小说来——旧派的言情小说，还挺有读者。既然走投无路，云龙便去报社打听荆陵先生住址，报社的人先是拒绝，后来看云龙也不像坏人，便告诉他荆先生每天下午一时，会准时到报社来送稿子，你若是真想见他，可以在那个时间过来。

结果真见到了留着长长山羊胡子的荆陵先生，一看是老师的儿子，又是张口向自己借钱，荆陵先生抹了抹胡子，很有点为难，借也不是，不借也不是。眼见着师弟陷入困境之中，不帮忙说不过去。这位荆陵先生是明白人，云龙父亲在法律界大名鼎鼎，南京律师公会的几任主席，据传即将到汪伪政权司法部任职，自己现在写通俗小说，不再吃法律这碗饭，但是也得罪不起。毕竟云龙登门求救过，陷入了困境的师弟在汉口有个三长两短，他将难辞其咎。

借到钱的云龙立刻赶往日侨商店，将看中的灰色丝绒大衣买下来。然后买了一张去南京的船票，因为买了大衣，身上盘缠只能再买张大统铺票，连吃饭钱都不够了。天气突然又开始降温，降得很厉害，一路上，云龙又饿又冷，靠在经过的码头买点最便宜的红薯填饱肚子。他冷得吃不消，索性将那件女式的丝绒大衣穿在身上；稍稍小了一些，穿着有点绷紧，防寒效果挺不错。

4

三十年后，也就是一九七〇年的春天，云裳对自己女儿玲安讲述了云龙的故事。玲安有两个哥哥，大哥是“文化大革命”前最后一批大学生，毕业分配去了石家庄，二哥当兵去了。现在轮到玲安，必须要下乡插队，临行前，帮女儿整理箱子，云裳一次次地提到了云龙。云裳说玲安你真想象不出，我这个哥哥，你那个从未见过面的舅舅，当年对我有多好。云裳对孩子们很少提及云龙，孩子们出生时，云龙早就死在了异乡，而且他死的时候，身份还是国军，也就是国民党的兵，这一点对孩子们解释不清楚，既然解释不清楚，干脆也就不说了。

云裳告诉玲安，三十年前那个初春，云龙突然出现在了她的面前，衣衫褴褛，蓬头垢面。她立刻激动得哭起来，他显然是吃了很多苦，受了不少罪。兄妹之间感情实在是太好了，无法想象云裳多么高兴，无法想象她是多么爱她哥哥。自小到大，这是他们第一次分别这么长时间，第一次这么长时间音讯全无。那时候，云裳正好与现在的玲安岁数差不多，高中的最后一年，仍然还是个天真少女，还是有点傻。全市中学生运动即将召开，她参加的项目是跳绳，云裳是全校冠军。运动会那天，她大出风头，穿着云龙为她买的那件灰色丝绒大衣，不比赛的时候披着，比赛时脱去，一会穿上一会脱下，非常引人注目。

云龙应邀去体育场观看比赛，云裳告诉女儿玲安，当时她并没有意识到云龙心情不好，自己恰恰是因为哥哥在场，发挥得十分出色。场面挺热闹，云龙为她鼓掌，为她叫好，然而突然就不高兴了，变沉默了，最后干脆拉下脸来，说云裳你知道不知道，有一句唐诗，叫“商女不知亡国恨”。云裳没想到他会这么说，有点煞风景，高兴的劲头顿时打了折扣。与汉口街头的所见一样，南京也到处是和平救国的标语口号，运动会期间，汪伪政权负责教育的一位官员莅临会场，装腔作势发表了十分钟谈话，大谈体育和公共卫生，大谈健康和东亚各民族前途的相互关系。

云裳父亲以年事已高为由，拒绝去汪伪政府任职，公开拒绝之前，传说国民党军统特务要刺杀他，公开拒绝之后，又说汪伪特务机关已把他列入暗杀名单。云裳并不太了解实际情况，她并没有感受到那种紧张。父亲不再去上班，他很少与家人说话，总是把自己关在书房里读书，云龙回来后，他把儿子叫到书房狠狠地训了一顿。那段时间，兄妹虽然相聚，可是云龙明显地不快乐，再也不像过去那样有说有笑。回家后，他仿佛变了一个人。有一天，云龙告诉云裳，他已给内地的同学写了信，也接到同学回信，云龙是战地服务团唯一的失踪者，同学们都以为他牺牲了，没想到他竟然还神奇地活着。

云龙又一次离家出走，临行前，悄悄告诉云裳，此行要去内地与同学会合。他没告诉妹妹怎么去，也没告诉她路上可能会遭遇什么风险，他跟云裳说起这件事的时候，一切已经决定好了，根本不可能改变。他去了上海，绕道香港，然后七转八绕，终于到达遵义，终于与他的同学会合。他的同学非常震惊，没想到他死而复活，学校为他隆重地开过追悼会，会作曲的同学专门为他谱写了一首挽歌。云龙重新回到了学校，在为他举办的欢迎大会上，这首挽歌在欢乐的气氛中又一次被唱起，大家非常高兴他的回归。

云裳告诉女儿玲安，云龙后来又报名参加了远征军，就在大学即将毕业的那一年。他本来学习文科，最初学的是法律，早在重返学校前，还是在广西的宜山，已经转学去了物理系，他觉得这门功课更有用，国家更需要。战时通信极不方便，云裳对于云龙的真实想法，也不是太了解，只知道报名参加远征军是为了去做翻译，当时前线极需要懂外语的人，云龙的身体状况并不适合当兵，谁都没想到，在缅北反攻中，他会死于日军飞机的一次轰炸。

玲安弄不明白远征军是怎么回事，在那个特定的年头，不可能弄明白。她问云裳这支军队是不是由国民党领导，如果是，又说明什么呢，说明舅舅当时还是参加了一支反动军队，还是在为国民党卖命。云裳无话可说，她觉得女儿说的也有一定道理，云龙要是不参加远征军，要是不去缅北战场，也就不会丢掉自己的性命。

5

云龙死讯传来，最伤心的还不是云裳。姆妈哭得死去活来，昏厥过去好几次。云龙是姆妈的命根子，当初要去浙江上大学，她一千个舍不得，一万个不放心。坚持要让平时照顾云龙的崔妈陪云龙一起去杭州，如果不是云裳父亲，也就是玲安的爷爷阻拦，这完全可能成为真事。

很长时间，云裳都在想，云龙之死会不会又是一次误传。然而一切都是确定的，无疑的，有阵亡通知书，有坟墓和墓碑的照片。玲安听四姨说起过云龙，她说你大奶奶在世的时候，把你舅舅宠得像太子一样，那时候，我们姐妹几个都对他好得不得了，什么事都惯着他，都依着他，就因为他是男的，是这个家里的独苗，现在想想，真没什么道理。

云裳告诉玲安，她舅舅死了以后，她成了大奶奶最喜欢的孩子，几个姨妈早就出嫁了，大奶奶把对云龙的心思，都转移到了云裳身上。云裳那时候正上大学，刚开始谈恋爱，玲安父亲比云裳高一届，他开始追求云裳，说云裳穿着灰色丝绒大衣在银杏树下看书，那模样实在是太美了，就像一幅油画。大学校园有一棵巨大的银杏树，秋天落叶之际，云裳喜欢在银杏树下读书。

玲安父亲是外地农村的，大奶奶对这个未来女婿很满意，她提出的唯一要求，就是与云裳结婚，要住到陈家。陈家有太多的空房间，他们没必要再住到外面去。大奶奶的意思就是要招女婿，担心玲安父亲是苏北乡下人，不太能够接受，没想到他一口答应了，玲安父亲接受过新式的高等教育，只要能和自己心爱的女人在一起，无所谓做不做招女婿，抗战胜利后，南京住房很紧张，能有个现成住处又何乐不为。玲安的大哥出生，父亲主动提出让孩子姓陈，等以后第二个孩子再跟自己姓，如果不是大奶奶很快离世，玲安的大哥完全有可能被宠溺成另外一个云龙。

玲安下乡插队当农民，待了整整八年，云裳把心爱的灰色丝绒大衣，郑重其事送给女儿，然而八年过去了，一直都压在箱底，从来也没穿过，一次也没穿过。在农村，这样的大衣根本穿不上，它只是看上去漂亮，并不御寒，太不实用。所谓漂亮，也是早就过时，一种应该淘汰的美丽。飒爽英姿五尺枪，不爱红装爱武装，在玲安的生长年代，接受的是革命化教育，记得她小学时想养金鱼，大三岁的二哥坚决不同意，说这是资产阶级的玩意儿，剥削阶级的爱好。

下乡八年后高考恢复，玲安考上大学，重新回到南京。许多东西都留在乡下，送给了当地农民。她曾认真考虑过，要不要把大衣也送掉，最后没送出去的原因，一是考虑农民不一定会喜欢，二是既然云裳那么在乎它，还是物归原主最好，还是带回去还给她，原来属于谁，仍然还给谁。这时候云裳已退休，女儿回南京上大学，让她感到非常高兴。不知不觉已经老了，退休在家，屋里空空荡荡，两个儿子都不在身边，一个在石家庄工作，一个还在部队，正准备出发去参加对越自卫反击战。

云裳夫妇都是学化学，云裳是中学老师，老公是化工厂工程师。化工厂在长江北岸，长江大桥建成前，夫妻一直分居。在女儿玲安的记忆中，父母关系很一般，经常处于冷战状态。云裳曾向四姨抱怨，说玲安父亲有个相好，这女人暗恋他，他也喜欢她，对方是军人老婆，破坏军婚是很大罪名，所以始终不敢越雷池一步。玲安大学二年级时，她父亲也退休，退休了，便搬回来住，与云裳关系完全改善。过去的阴影不复存在，少年夫妻老来伴，这句话在他们身上充分体现。他们几乎是立刻变成了女儿完全不熟悉的两个人：晚年的玲安父亲变得非常体贴，处处细心照顾云裳。云裳过生日那天，正好是一个星期天，他建议上馆子，去福昌饭店吃西餐。

临行前，衣服试了一件又一件，云裳居然把那件灰色丝绒大衣又找出来，试了又试，镜子前照了再照，最后唉声叹气，说穿不下了，老了，没办法再穿，还是年轻好呀，这大衣就适合年轻人穿。她自己穿着不合适，逼着女儿试，强烈建议她穿。玲安父亲在一旁帮腔，说她穿着太合适了，挺好看的。又说就是让你妈高兴，今天这日子，你也应该穿，真的挺好看，我们不哄你。玲安拗不过父母，只好硬着头皮穿上，心想就算是哄他们高兴吧。她从来没有吃过西餐，也许吃西餐就应该穿这样的大衣。

去福昌饭店不远也不近，这是一家民国老饭店，很有点来头，所谓西餐，也是刚恢复不久。玲安对它一无所知，云裳说她小时候来过好几次，玲安爷爷喜欢吃西餐，玲安的舅舅云龙也喜欢吃西餐。路边的梧桐树叶已经枯黄，秋天正在往深处走，一家三口散步去福昌饭店。玲安自小就习惯父母的冷战，因为习惯，现在看他们这么亲密无间，一路都是手挽着胳膊，反倒觉得不习惯。父亲的个子不高，边走边说，说玲安穿着灰色丝绒大衣，让他想起了自己年轻的时候，他说你妈那时候可漂亮啦，她就穿着你身上穿的这件大衣，漂亮极了，我那时候做梦都不敢想能把你妈追到手，真的，真的是不敢想。

云裳说你肉麻不肉麻，肉麻不肉麻，女儿都这么大了，还说这个。她想女儿肯定也会觉得这话肉麻，会想她父亲现在怎么变成这样。老字号的福昌饭店眼见就到了，看着身边早已长大成人的女儿，云裳对自己的老公叹气，说你看见这件丝绒大衣，想到的是我们年轻的时候，我呢，我看见它，就想到了云龙，我现在突然很想念他。说着眼睛红了，泪水在眼眶中打转，她重重地叹了一口气，很感慨地说，跟你们说这个又有什么意思呢，你们对云龙一无所知。

二〇二〇年九月二十五日　三汊河

水晶灯下

玲安姓魏，小时候，她一直弄不明白，为什么自己大哥胜武姓陈，二哥利和和她却姓魏。玲安有个大奶奶，大奶奶在陈胜武两岁时就死了。胜武要比玲安大八岁，二哥魏利和比玲安大三岁，事实上，他们兄妹三人，对大奶奶都没印象，只是听大人偶尔说起。对于他们兄妹来说，大奶奶不过是一张照片，安安静静地躺在厚厚的照相簿里。母亲云裳常常会说大奶奶如何厉害，姨奶也会控诉，说你们大奶奶才是地主婆，她才是万恶的剥削阶级。

姨奶是玲安兄妹的亲外婆，母亲云裳和舅舅云龙的亲妈，玲安自小跟着两个哥哥这么称呼，叫姨奶。不只是他们兄妹这么叫，母亲也从来不喊自己亲妈叫妈，她叫她姨娘。姨奶生气的时候，总喜欢说，谁让我是小老婆呢，小老婆有什么好，小老婆就是小老婆的命，就是受压迫，自己生的孩子，也是人家的，自己生的孩子，心里都向着别人，一点都不亲。

姨奶个子挺高，比爷爷的个子都高，皮肤很白，白得让人难以描述。玲安兄妹都是白皮肤，与姨奶相比，还是有些差别。姨奶的皮肤不仅是白，而且特别光滑，五十多岁的女人，在孩子们眼里，绝对是老太婆，可是她的皮肤丰润有弹性，手摸上去像丝绸一样非常舒服。玲安自小与姨奶一起生活，爸爸和妈妈都在郊区工作，很少回来住。爷爷在反右派那年死了，她当时才三岁，对老人家没什么印象，与大奶奶一样，他们都是活在别人的记忆中，属于大人叙述出来的人物，都是听大人说怎么样，怎么样。玲安小时候，姨奶喜欢唠叨，不是诉苦，就是炫耀，说当年这栋楼都是我们家的，怪来怪去，都要怪你爷爷，你爷爷呢，非说新社会了，要活出什么新气象，要把房子捐给政府，不能再当剥削阶级。

这些唠叨，姨奶只会背着玲安母亲说，孩子们其实不太明白她说的话，不知道她在说什么。她说的都是旧社会的事情，玲安出生在新社会，开始有记忆的时候，已经是一九五八年。全城大炼钢铁，园子里架起了一座小高炉，热火朝天，大人们都在忙乱，究竟是干什么，怎么干，始终没搞明白。能记住的是通过窗户往外看，姨奶关照几个孩子，说绝对不允许接近那个竖在地上的小高炉。有些突兀的小高炉，看起来就像是从地上冒出来的，就像一截折断了的大烟囱，又好像一个竖着的大冬瓜。姨奶说那炉子弄不好就会爆炸，说炸就炸，炉子一爆炸，很可能就会死人的。

废弃的小高炉，后来成了孩子们的玩耍之地，孩子不约而同都会出现在周围，爬上去爬下来。小高炉并不高，对于孩子们来说，尤其对于童年的玲安，已经足够高，足够让大家玩得很开心。本来还有个不大的炉膛，乱七八糟东西都往里扔，很快填满了。那年头，家家都烧蜂窝煤，烧过的煤渣没地方去，都倒在小高炉周围，渐渐地，周围也形成了一个小土堆小高台。正对着玲安家窗户，小高炉像坟堆上的大石碑，傻傻地竖在那儿。从玲安家的窗户，可以很清楚地看见它。站在小高炉周围的煤渣堆上，同样也可以清楚地看见玲安家，看见她家的摆设，看见她家漂亮的民国风格的西洋老铜床，看见她家的绒布沙发，看见她家的雕花五斗柜，当然，看得更清楚，看得最清楚的，是玲安家那盏挂在半空中的水晶吊灯。

玲安七岁开始上小学，也就是在那一年，有一个星期天，孩子们在园子里玩，李楚爬到了小高炉顶端，站在上面往玲安家看，看着看着，他的表情变得有些怪异，很惊讶的样子。他把手指压在嘴唇上，示意大家不要出声。李楚刚上初一，在这群孩子中年龄最大，他是孩子王，让大家不要出声，孩子们顿时安静下来。在李楚的指引下，目光转向玲安家。此前大家只顾自己玩，玩得很高兴，现在他们全都停了下来，看到了一幕不应该让孩子们看的镜头。

孩子们看见郑先生正在为玲安的姨奶推拿，就在那盏造型奇特的水晶灯下，姨奶趴在高高的铜床上，整个背裸露在外面，郑先生的双手来回用力按摩。姨奶的背很白，白得刺眼，大家都是第一次看到这样的场景，不明白是干什么，一个个看傻了眼。郑先生站在床前，只顾用力，一会儿按住不动，一会儿又像洗衣服那样搓揉，突然他弯下腰来，把肘部放在姨奶背部的某个穴位上，用一种很夸张的姿势往下压，使劲压，压着压着，回过头来，他看见了窗外孩子们惊讶的目光。

郑先生是玲安家邻居，街道卫生所的一名医生；这个卫生所很小。郑先生当过几年国民党的军医，有着很复杂的“历史问题”。医学院没毕业就当兵了，他不仅当过国民党的军医，加入过国民党，而且还在汪伪军队服役过，当过汉奸。因为有了这一段历史问题，虽然在卫生所资格最老——卫生所前身是个很大的药庄——郑先生退伍后就在这坐堂行医，一九四九年南京解放，药庄改成卫生所，他作为留用人员，一直没有正式进编，一直是个临时工这样的角色。

刚上小学的玲安当时并没意识到任何不妥，毕竟她只有七岁，郑先生过来为姨奶推拿，对她来说一点都不陌生。事实上，除了推拿，郑先生还会为姨奶针灸，为她拔火罐。如果不是经过李楚提示，孩子们甚至都不会往玲安家张望。现在，他们看到的这一幕，确实有些滑稽，有些不可思议。一个孩子百思不得其解地问李楚，这是在干什么呢，玲安的姨奶怎么了，为什么要这样。李楚似懂非懂，不怀好意地笑了，好像在场的孩子中，只有他一个人知道怎么回事，他知道，又故意不说出来，故意让其他的孩子着急。

这时候，就是在这时候，屋里的郑先生回过头来，看到了孩子们吃惊的目光，发现他们正在看着自己。他吓了一跳，孩子们也吓了一跳。大家不约而同地低下头来，李楚喊了一声：

“不好，赶快躲起来，我们被他发现了。”

李楚的奶奶姓高，脸上有几粒麻子，居委会的主任，大家都叫她高主任。高主任听孙子说起郑先生和姨奶，越想越觉得这事不对头，越想越觉得有问题，越想越觉得性质严重，便向卫生所举报了郑先生。于是这事变得有点大，越来越大，郑先生属于没有正式编制的留用人员，卫生所觉得有责任对他进行监督管制。有关领导郑重其事找他谈话，让他把事情说说清楚。

郑先生完全不当回事，笑着说：

“这个事很清楚的，我还能把这老女人怎么样，她都是个老太太了。”

正好与郑先生说话的领导，就是一位即将退休的老太太，听了他的回答，很不高兴，立刻拉下脸来，指责说：

“群众有反映，群众的眼睛是雪亮的，难道还是别人诬蔑了你不成。”

“诬蔑不诬蔑不好说，反正我问心无愧。”

谈话没有任何结果，有关领导查无实据，只能严重警告，给予口头训诫。郑先生是卫生所业务骨干，中西医都还有一套，前来找他诊治的病人很多，加上为人随和，喜欢开玩笑，在卫生所的人缘也不坏。事情传开以后，大家都当笑话讲，郑先生丝毫也没有意识到问题的严重。病不瞒医，中医的所谓推拿，其实就是按摩，男人给女人治疗，揉揉肚子捏捏屁股，甚至摸摸胸脯，不是很正常的事吗。

郑先生有时候也忘乎所以，四十岁早已出头，常常还会忘了自己身份，动辄口无遮拦。他不敢对女同事放肆乱说，对男同事就免不了轻薄，荤素不忌，说想不到那老太太白皮细肉，两个奶子翘翘的，你真不敢相信她老人家马上就六十岁了。对自己老婆更是会乱说，喜欢添油加醋，喜欢往下流里说，越说越委琐。郑太太与郑先生都是二婚，郑先生与乡下的老婆有两个儿子，郑太太与前夫也有两个儿子。郑先生的乡下老婆是病死，郑太太前夫是国军的一名军官，跟着失败的国民党去了台湾，生死未明。没人知道郑先生对老婆胡说了些什么，反正郑太太一怒之下，就上门兴师问罪了。

郑太太是标准的小市民，挺着大肚子过来闹事。也不多说什么，挺着那小山似的硕大肚子，站在玲安家门口，这就足够了。看热闹的人很多，这种热闹不可能没人看。话讲得特别难听，郑太太一开口就是你个老×养的小老婆，你个死地主婆，老不死的老不要脸，怎么还不去死呢。玲安的姨奶也不示弱，跺着脚说你骂我也骂，大家都不要脸好了，说人都要老的，老×总比你这个瘸×好。郑太太一条腿被汽车压伤过，骨头断了，走路一瘸一拐。看热闹的人越聚越多，好在孩子们都上学去了，玲安兄妹也只是道听途说，听人家复述，并没有看见这场闹剧，并没有亲眼看见。

事情很快过去了，跟什么也没发生过一样。郑太太生了个女儿，这是她和郑先生的第一个孩子，也是唯一的孩子。这个重新组合的家庭已经有了四个男孩，新出生的小女孩，成了郑先生夫妇的掌上明珠。他们家经济状况可不是一般的差，郑先生户口还在农村，因此他的两个儿子也是农村户口，待在南京就是黑户，黑户没有粮票，正好三年困难时期，没有粮票意味着买不着粮食，买不着粮食，生存就成了很大问题。那时候，家家都没有余粮，都饿得够呛。卫生所每月会给郑先生开证明，凭着这份证明，他可以和城市人口一样，享受定购的油粮供应。

邻居们议论纷纷，流言蜚语对郑先生毫无影响，他依然到玲安家为姨奶推拿，照样若无其事，大大方方进进出出。大家心照不宣，姨奶也知道郑先生的用心，无非是混点粮票，讨点能够糊口的东西。玲安的三姨一家在香港定居，知道内地经济困难，粮食紧张，时不时会寄些港币和鱼肉罐头过来。姨奶有很严重的糖尿病，她的常用药也都是靠三姨往这边寄。三姨岁数与姨奶差不多，她心里惦记着老父亲，不知道老人家已经病故。姨奶故意瞒着她，就怕她知道，不再往这边寄东西。

玲安的四姨在南京，住得离玲安家不远，时常也会过来串门。四姨和三姨都是大奶奶生的，她们俩年龄接近，性格不合，自小就吵吵闹闹。玲安母亲云裳告诉女儿，两个姨妈小时候闹别扭，经常会多少天不说话，互相不理不睬。因为不愿意沾上海外关系，四姨跟三姨从来不通信，她过来看望姨奶，姨奶会给四姨一些三姨寄过来的鱼肉罐头。姨奶关照四姨，千万不要把爷爷过世的消息告诉三姨，告诉了，三姨很可能不再往这边寄东西。

三姨后来突然就不往内地寄东西了，具体什么原因，也不清楚，反正是不再寄。姨奶怀疑她已经知道老父亲不在，怀疑四姨偷偷地把这消息透露给了三姨。好在困难时期终于过去，粮食不再紧张，吃饱肚子已经不是大问题，只是治疗糖尿病的药再也没有了。姨奶不能享受公费医疗，没钱去医院看病，女儿女婿每月给她的钱，只能维持她和玲安兄妹的基本生活开支。再说姨奶也不太会当家，不会管账，有病也不肯去医院；她说自己这一辈子就没去过几回医院，过去都是医生上门，她两个孩子都是在家生的。过去的日子太好过了，花不完的钱，医生来看病，都是专门派了车接送。

那段日子，郑先生经常为姨奶放血。这是一种很奇怪很原始的治疗，郑先生用一种带着针刺的小锤，敲击姨奶的身体，然后她那雪白的肌肤上，就会冒出一粒粒血珠。姨奶的脚和手总是肿的，玲安小时候不知道那是水肿，以为那是胖；姨奶原来是很胖的，一直很胖，直到临死前的晚年，才突然瘦下来。也没什么药可以服，郑先生说姨奶的病，应该是治不好的，通过他的治疗，最多也是维持，不让病情变得更严重。姨奶对这话深信不疑，不相信也没用，因为她也没钱去医院看病。

玲安小学四年级的时候，郑先生又犯了错误。为一位女病人针灸，由于治疗室没有其他人，女病人竟然毫无禁忌地把裤子脱了，那种一脱到底的脱，里外一起脱的脱，虽然扎针部位只是尾骨，只是尾骨再往下一点，确实也没那个必要，没必要脱得那么彻底。郑先生有点吃惊，想阻拦也来不及，病人已经脸朝下，趴在了床上。

郑先生弱弱地嘀咕了一句：

“其实用不到这样吧？”

女病人与郑先生是熟悉的，也可以算是老病号，笑着说：

“人家都不在乎，你有什么好担心的？”

郑先生想想也有道理，就开始给她扎针，在尾骨附近扎了好几针，又在屁股上胡乱地扎了几针，这几针完全没有必要，纯属多余，根本不在穴位上。然后扯了一条浴巾给她盖上，过了一会儿，他又把浴巾拿开，索性在她屁股上又添加许多针，差不多把消过毒的银针全部用完了，把女病人肉鼓鼓的屁股，弄得像个刺猬似的，这么做，显然已经有点恶作剧的意味。

郑先生的这个故事有很多版本，玲安也不知道哪些才是真实的，哪些又完全是胡说八道，反正各有各的说法，信不信都可以。女病人后来不承认是自己主动脱了裤子，她说那是郑先生的主意，是郑先生让她脱的，她只不过是听话，没有太计较，顺势也就把裤子脱了。这个女病人不只是与郑先生熟悉，和卫生所很多人都熟，她的泼辣大胆，她的歇斯底里，她的不计后果不顾一切，大家都知道，心里也都有数。卫生所上上下下并不太相信女病人说的话，然而既然郑先生有“历史问题”，又戴着一顶“坏分子”帽子，有辫子可抓，说他是猥亵就是猥亵，说他是流氓就是流氓。

郑先生有口难辩，卫生所领导知道他有点冤枉，还是要上纲上线批评。首先是他放松了思想改造，作为一个历史上“不太清白”的人，他的内心深处一定极其肮脏。一叶可以知秋，透过现象能够看到本质，群众的眼睛是雪亮的，群众也不会完全冤枉他。郑先生必须老实交代，必须低头认罪，必须要认识到自己所作所为的严重性。狡辩无济于事，抵抗是没有出路的，坦白可以从宽，抗拒必定从严。

新上任的卫生所领导说：“人家裤子都脱了，你还有什么好说的？”

郑先生说：“我能不能发个誓？”

“你这种人，发誓又有什么屁用！”

“我冤枉！”

卫生所领导说：“事情到了这一步，你冤枉也是活该，你冤枉也是自找。”

卫生所为此专门开了一场批判会，会后又组成三人小组，认真讨论，研究如何处置郑先生。这时候，全国城乡开展的社会主义教育运动，也就是“四清运动”正如火如荼展开，三人小组讨论来讨论去，问题的性质便升了级。这件事正好可以成为一个典型，大家一致认为，必须要上升到阶级斗争新动向的高度，郑先生不光有自满情绪，而且还有不满情绪。不满情绪很危险，必须要给予迎头痛击。郑先生总觉得自己业务好，觉得自己是卫生所的技术骨干，中医西医都懂，病人来看病，经常都冲着他的名头。尽管还不是正式编制，自满和不满情绪已导致了他自以为是，为所欲为，竟然觉得这个小小的卫生所离开了他就不行。

三人小组做出决定，给予郑先生严重警告，工资降级，从原来的五十元八角二分，降为四十二元三角。作为一个临时的留用人员，他的工资比国家培养出来的大学毕业生还高，这个本来就不太合理。向上级领导请示汇报，很快得到了批复，除了同意三人小组的处理意见，还建议加重处罚，取消郑先生的行医资格，押回原籍劳动改造。上级的批复有些出乎意外，毕竟郑先生在医疗水平上还有一套，取消他的行医资格，对卫生所也是一个损失。

卫生所向上级部门申诉，希望降低处分力度，继续留用郑先生，或者再从大医院派新的医生过来。申诉来申诉去，结果还是保留了他的行医资格。郑先生心灰意冷，做好了重新回到农村的准备，郑太太也在考虑是否要和他分手——因为真要去了乡下，这一大家人非饿死不可。最后的处理决定让郑先生绝处逢生，他写了一封长信感恩戴德，说自己罪孽深重，为此痛不欲生，几乎连活下去的勇气都没有了，感谢上级和领导给了他一个重新做人的机会。

对于这个郑先生，玲安一直谈不上有什么好印象。听到的都是负面消息：在旧社会，这个人有过怎么样的罪恶历史，到了新社会，又有过如何不光彩的经历。玲安和她两个哥哥一样，对于自己的姨奶，也没什么好感。和玲安一起玩的小伙伴，在背后都叫姨奶是地主婆。这里原来都是玲安家的，原本只属于一家住的那栋楼房，现在已挤进了十六户人家。郑先生和居委会高主任住的两间平房，过去是司机和看大门的门房住的。玲安爷爷在把这栋楼捐出去的时候，自家只留了一个大客厅，中间隔了一下，变成两小间。当时说好，房子捐给公家变成公房，公家收房租，玲安家免租金，郑先生和高主任家的租金则交给陈家，供姨奶养老，因为爷爷岁数已大，老太太没养老金。

事实上，郑先生和高主任几乎就没交过租金；郑先生家经济状况太差，赖账是常态，况且他为姨奶治疗，从来都是免费，也可以算是相互抵消。高主任的办法是拖，总是说到年底再说，再说再说，最后就变得不好说，变得很难说。拖到了最后，赖账变得合情合理。高主任说，这房子既然充公了，充公了就是公家的房子，我家住的是公房，为什么要给你家缴房租，你家住这房子不缴房租，为什么我家就要缴房租，凭什么。

玲安家那盏水晶大吊灯一直是个谜，除了外公，也就是玲安兄妹称呼爷爷的那位老人，谁也说不清楚它的来历，即使是爷爷都说不准确。水晶吊灯是从美国买回来的，产地又是欧洲，据说全中国只有两盏，一盏在上海，还有一盏就在玲安家的客厅。

很多年以后，玲安通过百度，居然查到爷爷的简历。老人家生于一八七七年，日本留学生，学的是政法，回国后创办了律师事务所，某律师协会会长。民国初年，与友人合股投资安徽铜矿，回报颇丰，成为当时有名的富人。汪伪时期曾数次挂名伪职，虽然大都没有到任，清誉却受了损。抗战胜利后被国民政府追究，家产被抄，房产被没收，并判处有期徒刑一年，因为年老没有实际执行。新中国成立以后，曾担任文史馆馆员，市政协委员，卒于一九五七年。

玲安陆续还听过一些与爷爷有关的故事，所谓没收房产的记录并不准确，当时确实传言要没收，确实被列入了敌产名单，有位大官还看中了爷爷的这栋楼房，一度也曾想出钱收购，最终并没成事，房子临了还是归还给爷爷。爷爷对国民政府充满敌意，事实上，早在抗日战争爆发前，他与定都南京的国民党政权就不是太合作，抗战胜利后对他的判决，把他说成是汉奸，完全是官方的报复。一九四九年以后，爷爷拥护共产党，追求进步，主动提出要把自己的房屋捐给政府。

当时爷爷投资的铜矿破产了，欠了很多债，据说是政府救急，挽救了这个矿，因此爷爷执意要把自己的房产捐出去。政府一开始并没有接受，后来也是由房管所代管，用姨奶的话说就是“公家又不要你这个房子，干吗非要捐”。玲安对爷爷几乎没印象，听大哥胜武说，大奶奶在时，姨奶对爷爷屁都不敢放一个，后来爷爷老了，大奶奶不在了，姨奶也会对他发几句牢骚，有时候还会和爷爷赌气。姨奶对别人背后喊她地主婆最不服气，记忆中，只要跟别人说起自己家里的水晶吊灯，她就忍不住十分得意，对姨奶来说，这个家曾经的辉煌，都集中在这盏吊灯上了。

水晶吊灯一共有十四个灯头，一旦打开，就很明亮，非常的亮。玲安母亲不止一次提议，要换一盏灯，因为它显然太费电。那年头，没有任何家用电器，没有电风扇，没有电冰箱，没有电视机，没有洗衣机，更没有空调，电费就是各家的照明费用。只有一个公共电表，按灯头计算，通常都是一家一盏照明灯，按实际瓦数收钱。玲安家这盏水晶大吊灯，要按十四个灯头计算，每个月电费与其他十五家的费用差不多。姨奶不愿意省这个钱，说我还没死呢，你们等我死了再换吧，陈家再没钱再缺钱，这个电费也得花。姨奶说想当年日本人打来的时候，要防空，窗户都用厚窗帘拉起来，我们陈家还不是照样用这张大吊灯，照样灯火辉煌。

姨奶喜欢明亮。玲安自从记事，一直与姨奶睡一张床，两个哥哥睡另一张床，她们的那张西洋老铜床，最早就放在水晶灯下，后来才和饭桌换了地方，饭桌移到水晶灯下，大铜床移到窗前，这样在寒冷的冬日，姨奶可以躺在床上晒太阳。或许是糖尿病的缘故，她晚年的视力急剧下降，怕黑，会有重影，看东西越来越模糊，姨奶说我眼睛迟早有一天会瞎的，会什么都看不到。郑先生的那套治疗也没多大帮助，无非是给人一点心理安慰。姨奶的腿开始出现问题，开始溃烂，痛得没办法走路，她一直忍着，也不跟别人说。

姨奶死的那年，玲安十一岁。事情发生得很突然，有一天放学，玲安没有直接回家，在同学家玩到天快黑才回去。到家才知道出事了，出了大事，围了很多人。姨奶已躺在了棺材里，姨奶死了，姨奶上吊自杀了。玲安并没有见到姨奶的最后一面，场面很混乱，大家都在窃窃私语，不知道在说些什么。二哥利和脸色苍白，蜷缩在床头，刚上大学的大哥胜武在盘问他，问他究竟看到了什么，到底又是怎么一回事。利和紧咬嘴唇，不吭声，怎么问都不回答。

利和显然受到了极度惊吓，姨奶是上吊死的，那天放学早，回到家里，发现吃饭的桌子挪开了，看见姨奶直挺挺地挂在了水晶灯上。他一时也不知道怎么回事，不知道发生了什么，懵懵懂懂地还喊了一声“姨奶”，忽然就恍然大悟，就什么都明白了。利和看到了姨奶的表情，姨奶的脸部表情很恐怖，只是看了一眼，只是匆匆地看了一眼，他立刻魂飞魄散，飞奔出门，遇见第一个大人，就冲上去紧紧地抱住，浑身哆嗦，说不出话来。

玲安看到的只是一口棺材，一口黑乎乎已盖上了的棺材。离玲安家不远的中山南路，有家殡仪馆，姨奶的棺材早就预订好了，一直寄存在那儿。出事后，棺材最快速度送到玲安家。这时候，平时很少回家的爸爸妈妈都回来了，四姨和四姨夫也来了，看热闹的人逐渐散去，一家人开始围着棺材说话，唉声叹气讨论。房间里空间本来就不大，放了一口棺材，显得更加拥挤。四姨不住地抱怨，妈妈在安慰利和，她把他搂在怀里，告诉他事情结束了，一切都会慢慢地好起来，会好起来的，说你是个男孩子，男孩子应该像个男子汉，不要害怕，用不到害怕，你是最勇敢的。

安慰利和是当时大人说得最多的话，大家都在夸他勇敢，变着法子夸他，说他天生是个胆大的孩子，其实是担心他会被吓出病来。大家可能都没有意识到，真正受到惊吓的是玲安，利和确实吓坏了，吓得连续两天说不出话来，但是巨大的恐惧，很快就离他而去。大人们说的话还是有点道理，毕竟他是个男孩子，毕竟比玲安大三岁，尽管是亲眼所见，看到了最让人心惊肉跳的场景，然而他很快就没事，该忘的都忘了，不仅没事，有时还会故意拿这事吓唬妹妹玲安。事实上，当一切都已经结束，大家都觉得这件事已过去，已经翻篇了，恐惧仿佛水箱里灌满的水，通过底部看不见的沙眼，才开始渐渐渗透到玲安的心灵深处。来得稍晚些的恐惧，引起的后果非常严重。对于十一岁的女孩子玲安来说，她接下来所经历的惊恐，难以用言辞描绘。

惊慌像黑夜里的萤火虫，黑暗中飞来飞去，恐惧像月光下漂浮的冰山，在茫茫大海上缓慢行进，萤火虫只是一个个小小的光点，却足以点燃惊慌的万丈烈火，冰山露出了水面上的一角，水面之下冰冷的恐惧无边无际。一切都是虚无，存在的是不存在，并没有亲眼所见，全都是别人在讲述，全都是别人在猜测。姨奶离去的那几年，无尽的惊恐如影随形，始终伴随着玲安。她无法摆脱老人家上吊这件事，乌云密布乌云笼罩，心里的阴影太大了，大得让人感到窒息，大得让人喘不过气来。玲安甚至都不敢面对自家的那盏水晶吊灯，因为只要一抬头一回头，就仿佛看到姨奶的身影，看到她悬挂在半空中。水晶灯明亮而且辉煌，玲安却一直处在水晶灯下的阴影中。

姨奶上吊的前一天，居委会高主任来过一次，说了什么，不知道，反正肯定说了点什么。大致意思是郑先生罪有应得，押回原籍劳动改造是活该，谁叫他平时那么下作，动不动老是吃女人豆腐，一身旧社会的流氓习气。话不是很投机，姨奶突然大怒，高主任的声音也高了起来。高主任说你凶什么，有什么好凶的。等到她走后，姨奶坐在床上，拥着被子，几乎骂了一晚上，骂来骂去，无非几句诅咒，恨得咬牙切齿。就在第二天，姨奶选择了上吊，她的行动很不方便，水晶灯高高在上，吃饭的红木八仙桌又很沉重，所有这一切都阻拦不了姨奶赴死的决心。

是郑先生为姨奶穿的老衣，也是他把她伸出的舌头，重新推回到嘴里去。正是在那段日子，上级部门对郑先生的处理意见，刚批下来。大家都知道郑先生又犯了事，都知道他就要被押送回原籍，都知道他媳妇准备跟他离婚。有人说姨奶上吊自杀，与郑先生要离去有直接关系，尽管卫生所领导还在申诉，这个处理意见还不能算是最后决定，但是郑先生如果真走了，真的要离开，就再也不会有人上门为姨奶诊治。似乎没有了郑先生，没有了他给予的最后安慰，没有了他给予的最后希望，姨奶活不下去。

郑先生并没被押送回原籍，不久之后，轰轰烈烈的“文化大革命”开始了。高主任成了走资派，被打倒，玲安家邻居许燕父亲是开关厂书记，也被打倒，扎着红袖标的造反派来抄家，罚许燕她爸扫马路。反倒是郑先生没什么事，本来大家就习惯了坏分子的低头，习惯了他的认罪。有一段日子，郑先生经常会主动出来打扫园子，造反派根本不把他放在眼里，每当他拿着扫帚，幽灵似的从窗前走过，用茫然的目光看着周围世界，玲安便会想到挂在水晶灯上的姨奶，想到姨奶和自己一样，正默默地注视郑先生，注视着他的一举一动。

二〇二〇年十月二十一日　三汊河

会唱歌的浮云

1

一九五三年春节是阳历二月十四日，老魏单位里放假四天，这四天，扣除路上时间，也就整整三天。妻子云裳正好身上来那玩意儿，好不容易才盼到几天探亲假的老魏十分憋屈，很窝囊，很让人恼火。时间就这么不凑巧，老天就这么不帮忙，憋屈也好，窝囊也好，恼火也没用，反正这事不太好对别人说，只能跟自己生气。

老魏所在的工厂，是一家很大的化工厂，在长江北面的六合，也就是在南京城的江对岸。搁在今天，距离市区并不太远，可是在那时候，长江大桥还没建造，可以说很远很远，相当的远。咫尺天涯，一年只能有一次探亲假，怎么使用好，极其珍贵绝对讲究。到了三月五日这一天，广播喇叭突然放起哀乐，苏联人民的伟大领袖斯大林逝世了。当时的悼念规格非常高，各单位立刻设了灵堂，挂上斯大林像，很多人为这个人的离去戴孝哭喊。

这也是老魏第一次从广播里听到哀乐，从此哀乐开始流行，一旦收音机里播放这个哀婉激昂的旋律，他就知道是死人了，一定是死了个很重要的大人物。斯大林的万人追悼大会在新街口举行，时间是 3 月 9 日，老魏所在的工厂也派代表参加。他和同科室的老王有幸被选中，坐着厂里的两辆大卡车，大清早出发，黑咕隆咚地一路开到江边，乘轮渡过江到下关。然后乘马车到达新街口附近，人已经很多了，人山人海车水马龙。

追悼大会很隆重，结束了，率队的马副厂长发话，说这次活动嘛，有意挑了家在南京的同志，当然，也有家不在南京的同志。马副厂长是南京人，解放前是南京的地下党，老革命，资格很高，他知道家不在南京的人，譬如几位从东北南下过来的，可能就没在南京玩过，马副厂长的意思，好不容易进了南京城，今天有一部分人可以先不离开。他跟厂部交代过，明早会再派辆卡车到江对面的浦口来接大家，愿走愿留自己定。

于是兵分了两路，一路人马当天先回去，还有一些同志就留了下来。老魏自然属于留下来的，不止老魏留了下来，与他一起的老王也没走。这个老王在南京上过大学，没毕业，他有位同学是南京人，关系挺不错的，当年上大学，经常去他家聊天。老王想的是借此机会，去看望一下老同学叙叙旧，没想到老同学久不联系，早已离开南京去了西北。老同学的家与老魏家相距不远，也是顺路，老王扑了个空，老魏正好就在他身边。

老王说："没想到会这样，这怎么是好。"

老魏说："没关系，不行就住我们家去，总会有办法的。"

老王就跟着老魏去了他家，老魏突然能够回来，全家都很高兴，也很意外。老魏的老丈人没有参加追悼大会，对追悼会很有兴趣，追着能说会道的老王问这问那。老先生这一年已七十六岁，白发白胡子，穿着中山装，胸前还插着支派克钢笔，依然是民国遗老的模样。老王很有耐心跟他描述，敷衍了好一会儿，一起吃中饭，继续聊国际形势，继续说国家前途。那时候，老魏家也就两间房子，老丈人和丈母娘住一间，老魏夫妇带着两个儿子住一间。

云裳回来很晚，她回来的时候，已经是要吃晚饭，桌上饭菜早就放好，老魏和老王开始陪老人喝黄酒。老王向云裳解释，说自己太冒昧了，冒冒失失就跑来打扰。又说他本来准备去中山码头坐一夜，没想到老魏好心人，非要拉他过来，非要让老王住到他家。云裳说你当然应该过来，这不用客气的。老王是个话多的人，特别会讨老人家的好，会说让老人高兴的话，吃饭的时候，基本上一直都是他在说，老魏和云裳也插不上话。

这一年，老魏三十三岁，云裳比他小两岁。老王比他们都大，他们俩既然插不上话，就只能互相对看，你看我一眼，我看你一眼，眼睛里都是话，各自心照不宣。老魏知道云裳心里在想什么，云裳也知道老魏心里在想什么，老魏想表达的是无奈，想表达的是无辜，他也是没办法，只是顺口说了一句，没想到就真把老王带回来了。恰巧话题到了晚上睡觉怎么安排，老王说老魏跟他说过，反正他们家是地板，到时候打个地铺就行。

老魏家说起来有两个房间，其实这两个房间原来只是一间，是一间大客厅，中间用木板隔了一道墙。吃完晚饭继续聊天，老魏大儿子胜武很快要上小学，云裳开始教他识字，因为识了几个字，便让他为大家表演，认纸片上的方块字。纸片上的字是老魏老丈人用毛笔书写，老人家的字很好，非常地道的唐楷。七岁的大儿子胜武很卖弄地表演，两岁的小儿子利和在一旁捣蛋，要抢哥哥手上的纸片。

打地铺确实简单，可是地铺究竟打在哪个房间呢，商量来商量去，最后还是决定安排在老人房间里，毕竟这间略大一点。老魏松了一口气，脸上露出不经意的微笑，正好被云裳看见，狠狠地白了他一眼。这一个白眼反让老魏真的笑起来，一种不加掩饰的笑，掩饰不住的坏笑。云裳便说你笑什么，有什么好笑的。老魏说我回到自己家，为什么不能笑，为什么。

终于睡觉了，终于关灯，老魏迫不及待地掉头睡，摸黑爬到云裳那头去了。大床上还有两个沉入梦乡的儿子，关灯前，老魏与胜武睡在一头，云裳与利和睡在一头。灯一关，他也就不老实了，用不着再老实。云裳害怕弄出声音，不让老魏动，老魏便轻手轻脚小心翼翼。可能是憋得太久，也可能是外面睡着一位老王，距离挨得太近，老王的地铺就在门口，云裳一直在拒绝，一直在反抗，老魏只能霸王硬上弓，不管对方配合不配合，不管对方愿意不愿意，一味使蛮劲，折腾了没几下，刚入港，便心满意足地结束。

这一夜，老魏睡得非常香，一觉醒来，天都快亮了。云裳没睡好，老魏呼噜声很响，老王的呼噜声更响，隔着门板，一阵阵传过来。迷迷糊糊睡了醒，醒了睡，刚要再次睡着，老魏又来劲了，要二次进宫。这次云裳没拒绝，也没反抗，也谈不上配合，感觉自己是醒着，又好像是睡着了，心里希望老魏快点结束，又好像不太愿意他很快就完事。说老实话，她也不知道自己是怎么想的，有点心不在焉，不知身在何处。隔壁老王的呼噜惊天动地，他已经三十七岁，还是单身，人也很瘦，云裳想不明白老王那么瘦的一个人，为什么呼噜声会这么嘹亮。

2

弹指一挥间，转眼三十多年过去，到了一九九一年的八月二十日。这一天是云裳六十九岁生日，民间有做九不做十的说法，老魏决定隆重庆祝一下。他今年七十一岁，夫妻俩岁数相加，正好一百四十岁。老魏很喜欢 140 这数字，觉得这个数字很吉祥，很有内容。人生七十古来稀，他们老夫妇退休在家，既能吃又能睡，身心健康，这个那个什么都行，活得非常愉快。

所谓隆重庆祝，无非在楼下新开的一家馆子吃一顿。除了自家人，又喊了一位老朋友过来，这个老朋友就是老王。这时候，老王已七十六岁，精神矍铄，头发居然还没有全白，原来是个瘦小子，现在变成了大胖子。他单身很多年，熬到五十多岁，才与比自己小十五岁的小黎结婚；小黎的前夫在“文化大革命”中患病去世，留下一儿一女。两年前，小黎患乳腺癌走了，老王便与继子一起生活。

老魏的儿女们都已成家，吃完了各回各家。老王喝得有点多，面红耳赤，老魏夫妇便邀请他上门坐一会，喝口茶醒醒酒。老王没有推辞，说也好，说我是要看《渴望》的，这会儿赶回家看也来不及了，就到你家去看，看完了再回家。那一阵子，电视连续剧《渴望》正热播，已是播放第二轮，老王认认真真地在补看。老魏夫妇第一轮就看过，都觉得不错，很愿意陪老王再看一遍。老魏说我们可以一起看，看完了，你要是愿意，就在我这儿住一晚也没关系，反正床铺都是现成，为小孩回来准备的，空着也是空着，对了，我还告诉你，我们现在有空调了，很凉快的。

电视剧只放两集，打开电视，第一集都快完了，很快又看完第二集。外面很热，南京的夏天一向是很难过，恰巧老魏家今年新安装了空调。那时候，后来大名鼎鼎的苏宁电器，创业还不到一年，只能说是刚刚起步，大多数南京人家里都没有安装空调。因为用电紧张，能否安装空调也和级别有关，必须是相当级别的干部，才能够得到电力部门的批准。当时的最荒唐之处，商场里已经开始大卖空调，只要你花钱，谁都可以买，买了是否能安装，是否能让供电局盖章，就要看你的能耐。

老魏的女婿下海做了生意，思想比较开放，比较新潮，胆子也大，自己先买了一台空调偷偷地享受起来，又为老丈人老丈母娘买了一台。说是说未经允许，不能私自安装，否则就属于非法，就有可能取缔。不过你真大胆安装了，也没有什么人会过来干涉。只是电压经常会有些问题，用电高峰的时候，空调就启动不了，因此每天下午四点钟左右，必须先把空调打开，空调机一旦启动，一旦已经开始制冷，就再也不存在打开不了的问题。

老王很羡慕老魏家新安装的这台空调，在南京过夏天，有没有空调，能不能享受空调，完全是不一样的人生。他几乎立刻就下了决心，明年夏天一定也要买台空调，一定要买，不管电力部门允许不允许，管它合法不合法，一定要安装。说起来，老王也算离休干部，也是一把年纪，能享受就应该赶快享受。从老魏所在的科室调走以后，老王一直都在人事处上班，老魏说根据你老王的级别，很可能是可以使用空调的，你可以先申请申请，如果可以，就不用像我们这样偷偷摸摸。

老王说："今天就在你们家，有空调真是舒服，这么凉快，都舍不得离开。”

老王又说：“还记得上一次住你们家，那次也是冒冒失失，一晃多少年过去，唉，我们是真的老了。”

老魏家的空调装在客厅里，老王说住下就住下了，有空调的感觉确实不一样。云裳为老王找了一套换洗衣服，先安排他洗澡，然后他们夫妇分别洗澡，再然后是洗衣服，随手把老王换下来的衣服一起洗了，晾在阳台上。云裳提出要去小房间，说她不怕热，吹吹电风扇就可以睡，说她其实也不是特别喜欢空调。老王便连声说这不行，肯定不行，这不是要让我走的意思吗。云裳想想也对，离开空调房间真的会很热，说那好吧，我歪在单人沙发上先睡，你们把长沙发放下来，一边看电视，一边聊，想怎么聊就怎么聊，想聊多晚到多晚。

老魏家客厅里有张可以折叠的长沙发，打开来就是大床，两个男人继续聊天，聊到临了，都有些犯困，都开始打哈欠，迷迷糊糊中，电视里插入新闻，说苏联领导人戈尔巴乔夫被抓起了，莫斯科正式宣布宵禁。报道来得很突然，老魏和老王大吃一惊。男人对政治总会有些莫名其妙的激情，他们立刻困意全无，想弄明白怎么回事，可惜电视里新闻，就短短几句话，播完便没下文。遥控器不停地换频道，换来换去，好不容易有报道，说到一大半，已是最后几句话。电视节目终于都结束了，变成了一个个足球一样的测试圆台标，仍然没弄明白究竟发生了什么事。

第二天一早，天还没亮，云裳醒了。两个男人还在呼呼大睡，呼噜声此起彼伏，也不清楚哪个是老魏，哪个是老王，声音都响，都是地动山摇。她不由得想起很多年前，也就是上次老王借住在她家的那个夜晚，那时候还住在老房子里，云裳父母都还健在，她和老魏以及两个儿子睡在里屋，老王与她父母睡外屋，睡地铺。那时候，老魏偶尔也会打呼噜，那时候老王的呼噜已经很响，隔着一扇房门，像冬日的西北风一样呼啸，正是因为太嘹亮，云裳永远忘不了。

当然也是因为那一晚特殊，因为那个特定的日子，他们有了女儿玲安。金风玉露一相逢，对于分居两地的夫妻来说，每一次探亲都会不同寻常。老魏家的新居偏东朝向，天刚蒙蒙亮，朝霞红了半边天，初升的太阳很快通过窗户射了进来。两个男人还在睡，睡得正香，睡得太香了，云裳悄悄爬起来，上了趟厕所。单人沙发睡觉并不舒服，然而有了空调，总比在外面好，在没有空调的岁月，夏日南京是著名的火炉，晚上根本没办法睡个安稳觉。

老魏和老王终于也醒了，老王惦记着还要听收音机里的早间新闻，云裳说我和老魏天天早晨要去公园锻炼，我们可以一边去散步，一边听你的新闻。老王就笑了，说什么叫我的新闻，新闻是国家大事，怎么变成我的了。三个人刷牙洗脸，老王换上自己的衣服，与老魏夫妇一起去公园。老魏家附近有个小公园，不仅有人在散步，还有人在吊嗓子唱京戏。云裳为老王找了个小半导体收音机，因为不经常用，也不知是电池原因，还是接触不好，一会儿有声，一会儿又没声音，老王想听听新闻，想听听来自莫斯科的消息，结果也不能如愿，还是听不明白。

散完步，一起在小摊子上吃烧饼油条，沿街放了一排小凳子，就两张小餐桌，一人一碗豆浆。老王又是羡慕又是感叹，说你们的这个小日子，过得才叫舒心，才叫爽快，天天能散个步，再吃个烧饼油条，这才是人过的日子，现做出来的烧饼油条就是好吃，就是不一样。老魏说天天都这样，也没什么，很容易的事。老王说什么叫没什么，能这样就行，就很不错了，唉，可惜我们这一生，知道什么叫好日子，开始明白人应该怎么活，人生都已经快到尽头了。

老魏说你老王能想开一点不就行了，到我们这岁数，到我们这把年纪，钱留着也没用，想吃就吃，想用就用，你说你还留着那些钱干什么呢。老王叹气，说话是这么说，毕竟我是一个人过，也没什么意思对不对。停顿了一下，又接着往下说，我那个儿子和儿媳妇呢，对我也不能算不好，不过毕竟不是一代人，话也说不到一起去，想法也不一样，要是小黎她还在，小黎还在，两口子一起过，情况就完全不一样了。

一提起小黎，三个人不约而同，突然都不吭声。看得出来，老王并不想提到小黎，不愿意提到自己已经不在的妻子。尤其不愿当着老魏夫妇的面，而老魏夫妇呢，也是尽可能地避免谈起。老王只不过是脱口而出，说了便有些后悔。云裳情不自禁地看了老魏一眼，老魏立刻也显得很不自然，有一些尴尬，有一些沮丧。老王低头不语，此时此刻，大家心情都变得很沉重。云裳叹了一口气，说人生无常，想不到我们几个人中，小黎最年轻，反倒是她最先离去。

3

送走老王回到家，老魏与云裳已一身臭汗。南京的夏天就是这样，南京的夏天就是个大蒸笼。回家的路上，在菜场顺便买些菜，买了几条黄鳝，买了点青椒和洋葱。黄鳝是现杀，老魏很擅长爆炒黄鳝这道菜。一路都无话，云裳有些话想说，憋在肚子里没说，很难受。老魏知道她有话要说，云裳不说，让他这么干等着，要等她说出来，也挺难受。

到了家里，老魏先把杀好的黄鳝放进冰箱，然后摊开纸墨，脱去汗衫赤着大膊，用小楷抄一遍《摩诃般若波罗蜜多心经》。年轻的时候，老魏喜欢写毛笔字，后来多少年都放弃了，退休以后才重新拾起。他最初是习隶书，老了反而转向毕恭毕敬的楷书。老魏坐在那儿写字，云裳开始收拾房间，把收起的长沙发重新放下，理了理，再一次折叠起来。

过了一段时间，云裳拎着老王换下来的衣服，走到老魏面前，说老王穿过的这衣服，我也不准备洗了，直接扔了吧。老魏一怔，说要扔就扔了，你用不着跟我说。云裳说我当时就是挑了一条你没必要再穿的短裤，看这料子也不像全棉的，不瞒你说，我早就想扔了。老魏继续写字，他知道云裳有洁癖，别人穿过的内衣，她肯定是要嫌弃，是不是全棉并不重要，她要扔就扔，也没什么舍不得。

到了中午要做菜，老魏系上围裙，从冰箱里拿出黄鳝，十分细心地洗干净。云裳在一旁当下手，青椒和洋葱已为他收拾好。油锅已经下油了，油开始升温，开始冒起青烟，老魏正准备将黄鳝下锅，云裳轻轻地在旁边问了一句：

“老魏你能不能跟我说句老实话，你和小黎不会真有过一腿吧？”

老魏一怔，将手中的黄鳝倒入油锅，喳地一声，手上快速翻炒，嘴里嘀咕了一句：

“说什么啦？”

云裳不吭声，沉默了一会儿，看老魏做菜。老魏手上一阵忙乱，将爆炒过的黄鳝盛出来，再加油，爆炒青椒和洋葱，加上各种作料，将煸过的黄鳝再次倒入锅中，继续翻炒，加胡椒粉加水淀粉，洒上明油，然后正式起锅，盛菜装盘。云裳不说话，一直看着老魏，老魏终于忙完，老魏终于又一次开口：

“你脑子里又在想什么呢，真是莫名其妙。”

“是有点莫名其妙。”

“让我说你什么好，真不知道该怎么说你。”

云裳笑了，说我知道不应该这么问你，不应该问，我也就是随口问问，你千万不要往心上去。云裳说也就是突然想到，脑子里突然就有了这些念头，其实我早就说过，你与小黎真要有什么，也没什么大不了，真要是有了什么，我是说真要有什么，不开心的可能不光是我，老王心里会更不好受对不对，他应该更在乎对不对。云裳的意思是男人肯定更应该吃醋，男人肯定更不能忍受戴绿帽子。明知道老魏不想听这些话，不愿意听这些话，云裳还是忍不住要说，说了，就有点停不下来。她说不光是我在乱想，我在胡思乱想，老王很可能也一直在这么想，对不对。

老魏说："你要让我说什么呢？"

云裳说："我又不要你说什么，我已经说了，这事我早就不在乎了。"

云裳嘴上说不在乎，心里当然不是这么想。时过境迁，她这一生中，如果说夫妻之间真有什么太在乎的事，可能就是这一桩。老魏也知道她会在乎，知道她很在乎。女人的心思永远琢磨不透，每一次结局都是一样，云裳嘴上说不在乎，说相信老魏，心里还是非常在乎。这次过生日要请老王，说起来也是云裳的主意，她主动提出来，她提出来了，老魏还真没办法拒绝。云裳说我这一辈最后悔的，就是从来也没有与小黎好好谈一次，我也是真够傻的，有太多的机会，好几次话都到嘴边，都没说，都没好意思说出来，唉，为什么不趁她活着的时候，把话说说清楚呢。

小黎显然是云裳心中永远解不开的疙瘩，永远是飘在她心头的一块浮云。三十年前，那时候女儿玲安刚上小学，老王和一位姓宋的女人，冒冒失失地找到了云裳所在的那所中学。在云裳的办公室，和云裳进行了一场非同寻常的谈话。那个姓宋的女人开门见山，问云裳与老魏的婚姻生活，是不是有什么不和谐之处，有没有感情方面的危机。问题很突兀，很无理，云裳一时都不知道应该怎么回答。她转向老王，问他是不是老魏犯了什么错误。老王那时候刚调往人事处，他支支吾吾地说，这事现在也不好说，我们呢，主要还是想先了解了解情况。

云裳第一次听说有个叫小黎的女人，第一次看到了小黎的照片。不能说那个叫小黎的女人有多漂亮，眼睛不大，眉毛细细的，嘴唇有些翘，老王解释说，小黎丈夫是一名现役军人，他写了一封告状信，说老魏与小黎有着不正当的男女关系。老王特别强调，目前只是那个男的这么说，只是那男的这么认为，究竟有没有这事，组织上也不清楚，他们过来跟云裳谈话，也就是想摸摸情况。那个姓宋的女人始终在观察云裳的脸色，她的表情很严肃，态度很不友好，好像什么事都知道，什么事都在她的掌握之中。

云裳说：“你们想让我说什么？”

姓宋的女人说：“我已经问过了，你们的夫妻生活，究竟正常不正常？”

“什么叫正常，什么叫不正常？”

“这个当然只有你们自己才知道。”

云裳看着那个姓宋的女人，痴痴傻傻地回了一句：“我不知道，我什么都不知道。”

风雨晨昏人不晓，个中甘苦只自知，云裳与老魏结婚时二十三岁，婚后很快有了儿子胜武，然后又有利和，同居没几年，老魏就去了江北六合的化工厂，从此开始漫长的夫妻分居。夫妻分居百事哀，一年有一次探亲假，说正常也正常，那年头夫妻分居并不罕见，分了也就分了，老天爷就是这么安排，夫妻因为分居而离婚的也不多。说不正常，当然不应该算正常，绝对不正常，夫妻不在一起过怎么能算正常呢。云裳记忆中，不如意的事情太多，都说久别犹如新婚，最担心的是老魏要回来探亲那几天，自己身上恰巧来例假，有些事拦都拦不住，有些事该来还得来，越担心就越会发生。

那段时间，云裳正准备往六合的一所农村中学调动，只是为了离老魏近一些。她做好了离开南京的准备，为了夫妻团聚，为了能和老魏在一起，她已经决定不再管孩子们。三年的困难时期刚过去，国家经济形势正开始好转，如果没有小黎这事，老魏夫妇很可能会少分居二十年。生命苦短，人生能有多少个二十年。姓宋的那个女人言辞严厉，说破坏军婚的罪行如果确实，你男人是要坐牢的，这可不是什么闹着玩的事，这不是一般的生活作风问题，军婚可是受法律保护的。

结果是不了了之，老魏不承认，小黎也不承认。事出有因查无实据，组织上做出了最后处理意见，认定他们的关系显然有不妥之处，譬如不止一次相约去电影院看电影，曾经在厂外的僻静处散过步，两人也都对对方表示过好感。小黎与老魏在同一科室上班，因为这件事，小黎被调动，去了别的厂区别的科室。也是因为这件事，流言蜚语漫天飞，到处有人说闲话，云裳和老魏闹得差点要离婚，调动的事也没有进一步落实。她不止一次地逼老魏把这事说清楚，她想要知道真相，可是老魏说不清楚，没办法说清楚，他说根本就没有什么真相。

三十年过后，七十初度的云裳满头白发，早已不在乎什么真相。真相也许就像老魏说的那样，根本没有真相。真相困扰了云裳大半辈子，真相早就变得不重要，真相有没有也就那么回事。退休后的老魏夫妇，与同样也是退休的老王夫妇，关系相处得挺不错。他们最后都从江北六合的工厂区，重新回到南京城里定居。小黎也是地道的南京人，地道的南京女人，她家在城南还有私房，改革开放后私房拆迁，换上了新房子，与云裳家一样，居住环境才大为改善。云裳到了晚年，时不时地会感慨人生，恨他们这一代人活得太压抑，活得太窝囊，会觉得他们的所谓夫妻生活，直到退休才重新开始。退休前一切都是身不由己，感觉就仿佛在石头缝里过日子。退休后分配了新房子，孩子们各自独立，他们才开始有了属于自己的空间，才开始可以肆无忌惮，才可以在光天化日之下，像年轻人一样，甚至有时候比年轻人还过分，尽情地做些自己想做的事情。

老魏做的爆炒黄鳝，略微有些小失败，稍稍煸老了一些。老魏说这都要怪云裳，怪她不应该提起小黎。老魏说不要说我和她没什么，真要是有什么，你也没必要在今天这个日子里提起。云裳说有什么应该不应该，这事我早就不在乎了，你又在乎什么呢。老魏说我怎么能不在乎，当然要在乎，这很影响情绪的。云裳说影响屁的情绪，你现在的情绪不要太好，骨头不要太轻。吃中饭前，老魏一本正经地拉上窗帘，打开了空调，说今天我们应该喝点黄酒。通常都是在下午四点多钟，用电高峰之前，他们才会开始启动空调。云裳知道老魏此时兴致勃勃地拉窗帘开空调，显然是有别的目的，是别有用心，无非又是老一套。她知道接下来会发生什么，知道老魏人老心不老，已经蠢蠢欲动。

4

云裳第一次见到小黎，是一九七六年暑假，唐山大地震期间。长江大桥早就通车了，她骑车去江北的六合看望老魏。这是云裳第一次去六合，第一次主动去看望老魏，也是第一次听说老王也结婚了，第一次听说老王娶的女人就是小黎，老王结婚已好几年。

这一代人的称呼很有意思，也不知怎么的，都习惯称“老”或“小”，老魏老王小陈小黎，喊着喊着就固定下来。不止旁人这么叫，夫妻之间也如此称呼。老也好小也好，现在都已经有了白头发，小黎比云裳要还小好多岁，看上去白头发似乎比云裳还要多。这是继上次老王与她谈话后的初次见面，一转间，又是十多年。

当时是从厂部电影院出来，看的是一部反击右倾翻案风的影片《决裂》，老王认出了云裳，热情地打招呼。云裳也认出了对方，老王已开始发胖，她不知道他身边的那个女人就是小黎。回到宿舍，才从老魏嘴里得知，才知道他现在的这个太太就是小黎。

第一次见到小黎，云裳心情有些复杂，难免激动又很快平静，反倒是老魏坐立不安，说话都支支吾吾。事发有些突然，没有想到与小黎的见面，会如此直截了当。自从有了那次该死的谈话，云裳整个人生都被颠覆，这以后，她经常会为这事敲打老魏，找老魏的碴儿，跟老魏赌气，与老魏冷战；老魏呢，做出各种无辜和生气的样子。这个世界上有许多事说不清楚，云裳自己也不太明白，不知道是应该相信老魏和小黎没事，还是应该认定他们就是有事。有时候她这么认为，有时候她又那么认为。老魏一口咬定自己鱼没吃着，沾了一身腥。老魏说我要是真有这事，你跟我闹我也认，什么事都没有，你凭什么这样，凭什么。

因为夫妻长年分居，长年不生活在一起，最初的那十年，老魏会按时给云裳写信，诉说对妻子的思念之情。云裳一度很享受这个，事实上，她也很想念老魏，然而很少回信，很多话只是放在心上。都说两情若是久长时，又岂在朝朝暮暮，女人和男人不一样，女人再想念男人，那些太肉麻的话说不出口。自从有了小黎这档事，事情开始变得不可收拾，老魏的情书开始变得尴尬和暧昧，仿佛又有了另外一层含义，可以有另外一种解读，太亲热不好，不亲热也不好。信写来了，云裳懒得回复，故意让它有来无回，一而再再而三，老魏也就干脆不再写信，先是省了事，再以后也就省了心。感情这玩意儿就这样，冷了就会淡，淡了也就渐渐无所谓。

两人如果再往前走一步，要离婚也就离了，离了就离了。老魏与小黎究竟是怎么回事已不太重要，很长一段时间，他们的婚姻不死不活，只能说是聊胜于无。云裳平时根本也不会想到老魏，老魏恐怕也是这样，因为分居，一年见一次面，法律上的离不离婚就那么回事。好在这段时间正好是“文化大革命”，这个运动那个运动，世道也不怎么太平，什么事都能忍，什么事都能凑合。到日子老魏还会回来，回来探亲无非老一套，再到日子，老魏又走了。南京长江大桥通车后，两个人都希望有所改变，老魏与云裳商量，是不是考虑买辆自行车，有了自行车，来往可以方便许多。

结果还真是买了辆自行车，只是让云裳先用，当年她是一心想往老魏所在的六合调动，打过申请报告，为了小黎这事犹豫了一下，耽搁了，没想到最后把她调到南京南面的江宁，离江北的六合更远。那个时代的人都很听话，服从组织分配，一切听从安排，领导上真这么决定了，想更改都不行。当时的最高省领导是省革命委员会，委员会的主任是许世友将军，许将军在江宁弄了几个小煤矿，配套建立了小学和中学，云裳正好就被选中去当化学老师。那地方在今天也不算远，可是搁在当时，骑自行车起码一个多小时，只能每周回一次南京。因此说起来，老魏夫妇的家在南京，事实上那段时间，云裳每周回去一次，老魏一年回去一次，真不太像个正常的家。

云裳在江宁待了两年多，煤矿不弄了，根本就挖不出什么煤。她也重新调回南京城，这时候，林彪事件也发生过了，她已经五十岁，父母都不在了，都已死了好多年。孩子们也一个个地离家，老大胜武大学毕业分配去了石家庄，老二利和中学没毕业就当兵去了，女儿玲安在农村插队。人说老就老，云裳开始有些在乎老魏，开始不断地思念他；少年夫妻老来伴，她突然觉得身边没有男人的日子，真的是很不好。老魏的想法也差不多，过去这二十多年，有老婆的单身汉岁月，实在是太不好过。有了大桥，从六合的厂区回南京方便许多，骑自行车两个多小时也就到了，于是探亲节奏开始改变，不再是一年一次，改成每个月回一次家。

一九七六年的夏天，云裳五十四岁，再过一年就要退休，忽然心血来潮，忽然特别想念老魏，决定不顾路途艰难，骑车去老魏那里过暑假。没想到会立刻遇到小黎，也没想到很快又会遇到地震。唐山大地震很遥远，与这里风马牛不相及，可是流言不止，大家都生活在谣传的恐慌之中。有那么一阵，户外都在搭建简易防震棚。与小黎的见面纯属偶然，这工厂有几千号人，有好几个厂区，隔得也很远，老魏与老王夫妇平时很难见面，或者说根本就不见面。云裳相信情况就是这样，她变得十分理智，变得通情达理，既没跟老魏撒气，也没让老魏下不了台。大老远骑了三个小时自行车，好不容易才来到这儿，不值得为若有若无的小黎，再闹得不可开交。

再往后，云裳和老魏不仅不再回避，而且可以心平气和谈论。最初向组织交代问题，老魏只承认和小黎一起散过步，散步时拉过手。这事有人亲眼目睹，想赖也赖不了。一起看过电影，这也是在吃瓜群众眼皮底下发生，同样抵赖不了。坐在电影院里，坐在黑暗中，又干了些什么，又做过些什么，难免有不同版本，坊间传说很多。小黎和老魏各自的表述就不一样，拉着手是肯定的，暧昧是肯定的，有一点过分也不容质疑。发乎情止乎礼，时间是大冬天，都穿着厚厚的棉裤，再怎么暧昧和过分，也就那么回事。

从老魏嘴里，云裳听到不少与小黎有关的八卦。按照老魏的交代和描述，显然还是有所遗憾，显然还是心有不甘。与小黎没走到什么实质性的地步，但是，但是可以肯定，从老魏所在的科室调走，在新的工作环境，小黎起码又与两个不同的男人发生过婚外情。这事很多人都知道，根本瞒不住。小黎有个众人都知道的毛病，只要干那活做那事，就会忍不住发出杀猪一样的声音。破坏军婚的罪名确实存在，小黎前夫老韩为此很痛苦，非常烦恼，一次又一次给厂领导写信，可是小黎属于那种不怕撕破脸的女人，敢做敢当，老韩也拿她没什么办法。为了保住婚姻，最后不得不妥协，最后不得不让步，只能灰溜溜地要求转业，转业到老魏他们厂的保卫处，当处长。

老韩所在的保卫处，与老王所在的人事处，房门恰好正对着，大家低头不见抬头见。都觉得小黎这位前夫是个非常不错的男人，人长得也挺帅，都觉得小黎太过分，不应该那样对待自己老公。老韩转业到地方上，夫妻不再分居，关系变得正常，开始恩恩爱爱过日子，对小黎可以说是百般呵护。渐渐地，与老王也越走越近，成为无话不说的好友。他们是同乡，老韩参加过抗美援朝，手臂被炸弹炸断过，身体一直不好。进厂时正好“文化大革命”开始，不久诊断出患了癌症，拖了没几年，临终前托付老王，希望能帮着照顾好小黎，照顾好他留下的一儿一女。

就这样，老王到了五十多岁，终于结束单身生活，与小黎结了婚。婚后感情相当好，据说小黎曾向老王忏悔，说年轻时不懂事，对不住老韩。她对老王的照顾无微不至，还为他怀过一次孕，可惜最后小产了，没有能够保得住胎。和老王刚结婚时，厂里单身汉闲着无聊，经常会溜过去听房。小黎家住在一楼，最西边一个单元，楼前有一片很矮的小树林。都把这事当笑话讲，也是因为有人会偷听，老王和小黎不得不小心翼翼，不得不让她嘴上咬住一块毛巾，不得不把床脚垫了又垫。可是真一点动静都没有，很快又传出另外一种流言，这就是老王不行了，他的那个什么很可能有问题。

老王很生气，真的很生气，非常不服气。老王最不愿意别人觉得他老，虽然他比小黎大了十五岁。个性倔强的老王好钻牛角尖，知道有人无聊，知道无聊的人下作，不要脸，他索性大气一些，他索性豪放一些。让一切禁忌都去他妈的，老王想怎么样就怎么样，老王要怎么样就怎么样。不就是有人想听个什么吗，不就是想知道老王还行不行吗，那就给他们来一个痛快。老王将计就计，让小黎嘴里不用再咬毛巾，床脚不平也懒得再去垫。老王甚至还故意很配合地喊上一两嗓子，厂保卫处派人躲在他家屋外留守伏击，一下子抓到了五个偷听的小年轻，都是厂技校的学生。

口无遮拦的老王说自己直到结了婚，才开始怀疑人生，才开始感慨人生。失之东隅收之桑榆，老王说他想不明白，不明白怎么就单身了那么多年，直到跟小黎在一起，才知道成双结对的好，才明白有女人有家庭的不一样。老魏告诉云裳，老王曾不止一次地对他吹牛，说自己绝对没问题，说自己很厉害。说他的婚姻开始晚了一些，可是宝刀不老，起点很高，过了七十往八十走，仍然天天还照样晨勃。云裳一时不太明白这话，老魏笑着向她解释，她听了十分鄙视，噘着嘴说你们男人真无聊，真是老不正经。老魏说我们这一代人，只能是到了老了，退休了，才能老不正经，年轻时想不正经都不行。

云裳与小黎见面后不久，那一年十月，“四人帮”

粉碎了。老王也到退休年龄，紧接着云裳退休，小黎退休，女人退休年限要早一些，最后才是老魏。说退休就都退休了，虽然退休，大家精力依然旺盛，还有用不完的劲，美好生活才刚刚开始，好日子刚开头。社会突然之间发生了大变化，他们的人生也跟着大变化。首先是居住环境改善，这是最重要的一个进步，因为住得都不太远，可以经常聚在一起打麻将。云裳和小黎都喜欢打，女人的麻将瘾往往比男人更大。有一段时间，也就是上世纪的八十年代，几乎天天都要打几圈麻将。

打来打去也就那么几个女人，不是在老王家，就是在老魏家，或者在老钱老杨家。老王和老魏只有遇到三缺一，才会偶尔上场。退休生活别有一番天地，女人们在一起打麻将，嘴里往往不肯闲着，不是嗑瓜子，就是胡说八道，什么都说，什么都敢说。最喋喋不休的是老钱，她是国营菜场的退休职工，回忆起物资缺乏年代，总会有股按捺不住的得意。作为一名卖鲜肉的小刀手，当年讨好她的人实在是太多。上岁数的人回忆年轻时，都会说当年怎么好，青春总是美好的，说着说着话锋转移，变成了忆苦思甜，突然感慨当年那样的日子，怎么稀里糊涂地就过去了。譬如一说起夫妻分居，老钱就很疑惑，忍不住要问云裳，说你们夫妇是他妈怎么熬的。

有一天在老王家打麻将，云裳和小黎都已听牌，等着有人点炮，结果旧话重提，老钱又说起云裳和老魏的分居，说这都叫什么事呀，这么多年，是怎么熬过来的。没想到她打出去的这张牌，一炮两响，正好是云裳和小黎都想要的，云裳很平静地回了一句：

“什么叫什么事呀，这不就是熬过来了吗。”

二〇二〇年十一月十九日　三汊河

落日晚照，为谁温柔

1

二〇〇〇年春天，新世纪应该从哪一年开始计算，引发了一场讨论。专家的意思从二〇〇一年开始，这一年，按照中国历法的传统，是二十一世纪元年，然后才能接着有二年三年，如果从二〇〇〇年开始，一切也就乱套。新世纪究竟从哪年开始，对于郑敏来说并不重要，重要的是与小聂那次正式谈话，所以说正式谈话，因为郑敏与小聂熟悉已久，见过无数次面，聊过无数次天，要说谈话内容的正经八百，要说谈话态度的严肃认真，这可是第一次。

这一年郑敏四十三岁，离婚五年多，儿子正在上高中。谈话刚开始，小聂还有些气势，不说气势汹汹，起码也是有些底气。她红着脸，好像准备好了一肚子的话，一肚子的谴责，说着说着，很快就结结巴巴，很快就语无伦次。小聂个头不高，有点小肥胖，三十岁出头，长得不好看也不难看，女儿在上小学。她以退为攻，说郑姐我知道这是我们家小蔡不对，是我们家小蔡不好，我知道小蔡他不是东西。

“你们家小蔡是不是东西，跟我有什么关系，跟我有关系吗，”郑敏打断了小聂，很不耐烦地说，“你说了半天，到底什么意思？”

小聂不吭声，看了一眼郑敏，郑敏正看着她呢，正在迎接她的眼光，脸上毫无惧色。这时候，应该心虚的人不心虚，不应该心虚的人就会心虚。两人对视了一会儿，小聂把眼光转向别处。郑敏说你不就是来跟我摊牌吗，有什么话，不用藏着掖着，你尽管说。郑敏说你把想说的话都说出来，不用担心不要怕，我都听着呢。郑敏和小聂其实心里都明白，都明白她们正在说什么，或者说正准备说什么。小蔡是小聂的老公，小蔡是郑敏雇的司机兼助手，小蔡是郑敏公司的副总。现在，小聂还是以退为进，继续控诉自己老公，继续数落小蔡的不是，郑敏再次不耐烦地打断，直截了当问了一句：

“小蔡跟你说了什么？”

小聂不说话，在琢磨应该怎么说。

郑敏干脆来个简单粗暴，又问了一句：

“小蔡是不是跟你说他跟我有过什么？”

小聂被郑敏强大的气场给镇住了，小聂被郑敏夺人的气势给打垮了，声音压在了喉咙口，说小蔡他也没这么说，说他也没敢说得多清楚，说男人的这个嘴嘛，总归是没有什么好话，反正不管怎么说，说一千道一万，我们家小蔡肯定是不对的。

郑敏勃然大怒，怒不可遏地说：

“这样吧，回去跟你家小蔡说，把话说说清楚，明天不用来了，不要来了，事情就这么定了，我付你们三个月工资，他不用再来上班。”

小聂灰溜溜地走了，小聂不走也得走。她还想说什么，还想申辩，还想讲道理，郑敏挥了挥手，已经不准备跟她再谈下去。第二天吃晚饭时，小蔡打来电话，道歉说郑姐你千万不要生气，这个事呢绝对是我不好，绝对是我们做得不对。我跟你说郑姐，我可是绝对没有瞎说什么，一点都没瞎说，这是我们家小聂她误会了，女人嘛，她就是容易多心，你说是不是。小蔡说郑姐我真没说什么，你要是不相信，我让小聂给你说话，让她跟你解释，我真的什么都没说，什么都没说。

郑敏十分不屑，懒得理他：

“我不想跟你老婆说什么，我不想说。”

那头的电话已塞到小聂手里，她怯怯地说着：

“郑姐，你不要生气——”

对方服软和认输的语气，让郑敏心气顺了许多：

“我当然生气，我怎么能不生气？”

“小蔡是什么也没说，都是我瞎猜的，你不生气好不好，郑姐不生气好不好。我们家小蔡也说我了，是我不好，我不好，我不该胡思乱想。”

“你也太把你男人当个宝了，好吧，你没有胡思乱想，你想得对，我跟你男人确实是有一腿，你要怎么想就怎么想，你爱怎么想就怎么想。你让我不要生气，你说我怎么能不生气，怎么能够不生气。我都快被你们气糊涂了，我已经被你们气糊涂了，喂，你们打电话给我是什么意思？”

2

几乎是同样的对话，几乎同样的场景，在郑敏的一生中已是第二次。第一次只是扮演的角色不同，正好与这次调换过来。往事不堪回首，好多年过去，郑敏仍然还能记得自己当时的尴尬，还能记得当时的狼狈。很显然，通过与小聂和这次正面碰撞，她明白了一个非常简单的道理，就是在这样的对话中，一个人的气场很重要，一个人的气势很重要。输赢并不重要，气场和气势才重要，它们能够决定胜负。

小蔡是个说谎话都不会脸红的人，绝对有本事把小聂骗得团团转，有足够的能力把小聂搞定。有些事明明做了，有些事肯定错了，他完全可以做到仿佛什么都没发生一样。小蔡擅长于打死不认账，他的心理素质不是一般人所能拥有，他的脸皮之厚，绝对也可以与袁美珠相比。袁美珠是郑敏前夫鲁强烈现在的妻子，当年还没与鲁强烈离婚时，她跑来与郑敏摊牌，要郑敏赶快与鲁强烈离婚。袁美珠开门见山，袁美珠镇定自若，说郑敏你好好想一想，如果你们不离婚，鲁强烈天天和我睡在一起，我们天天睡在一张床上，你不觉得难受吗，你不觉得那个吗。

郑敏觉得那天自己输就输在气场上，输就输在气势上。一种被打败了的感觉非常不好，袁美珠与郑敏年龄相仿，她并不比郑敏年轻，没有郑敏漂亮，身材也没有郑敏好，皮肤还黑，用鲁强烈的话说，袁美珠与郑敏相比，没有一处比郑敏好。离婚签字不久，鲁强烈偷偷给郑敏打过一次电话，在电话里他几度哽咽，痛哭失声，说自己对不住郑敏，对不住儿子，一口气说了好多个对不起，说他没有管控好自己，说他活该遭了报应，说他最后之所以同意离婚，之所以愿意在离婚协议书上签字，是觉得自己太亏欠郑敏，是觉得自己配不上她。

事实真相当然不完全是这样，鲁强烈的致歉电话，让郑敏多少感到一些安慰，让她多少也挽回了一些脸面。鲁强烈与袁美珠的故事，说起来十分狗血，说起来极其简单，两人在同一个单位，在同一个办公室，平时眉来眼去，一起出过几趟差，然后就有了点事，然后便弄假成真。都是有家庭的人，一个有儿子，一个有女儿，袁美珠先离婚，她离了，逼着鲁强烈离。这是个破罐子破摔的厉害女人，鲁强烈不想离，也得老老实实地离，在她的淫威逼迫之下，必须乖乖地就范，非离不可。

郑敏与鲁强烈的婚姻，开始时还有几分浪漫。他们是小学同班同学，也是中学同班同学。无论小学还是中学，鲁强烈都不是很起眼。大约在初一的时候，有一次鲁强烈与同学戏耍，掉转身猛跑，一头撞在了郑敏怀里，那时候，鲁强烈还没开始发育，个子很矮，仍然像个小学生。意识到快要撞人，连忙伸手保护，想保护自己，也是为了保护被撞的人，于是自然而然地就碰到了郑敏的胸部。郑敏的胸本来就大，正值青春期，那时候的女孩子既没胸罩，也没紧身衣，因为害羞，越是胸大越觉得难为情，她平时都不好意思挺胸抬头。

郑敏觉得自己胸部被人撞到了，或者是被人捏了一把。不是疼，还来不及感觉到疼，只是极度的慌张，非常的紧张。鲁强烈也非常害怕，因为他知道自己的手触碰到了什么，知道自己这样是属于流氓。在那个年代，男生女生非常保守，都互相不说话。郑敏出于本能地喊了一声“不要脸”，她本来是要喊“流氓”的，当时的男生女生，经常会用到流氓这个词，流氓可以是特指，也可以泛称，可以是某个行为，也可以指某个人，然而郑敏有意识地避开了用“流氓”这个词。鲁强烈在众人的哄笑中扭头就跑，他听到了郑敏的那一声“不要脸”，当时心中确实也觉得自己有些不要脸，很流氓。

鲁强烈和郑敏成为夫妇后，重新回忆起这一幕，大家都觉得很可笑。鲁强烈说这是他第一次意识到女人那个东西很大，很有弹性，他是第一次触碰到那玩意儿。郑敏叱责说什么叫第一次，难道还有过第二次第三次。她说你可真是不要脸，当时人家被你给弄得都快吓死了，我吓了一大跳。鲁强烈笑得很开心，说不要说你吓死了，我也吓死了。回忆是美好的，回忆很温馨，热恋以后结婚之前，郑敏相信鲁强烈是真的喜欢自己，相信这个男人的心中只有自己。

男生也好，女生也好，在青春期都会有个初恋对象，都会产生最初的朦胧爱情，郑敏没想到鲁强烈暗恋的女生竟然会是自己。当年男女生虽然不说话，心中却各自有主。郑敏暗恋的是江阳，江阳是班长，班上很多女生都喜欢他。初中时期的郑敏非常敏感，她有点自卑，很不自信。自卑和不自信的原因十分简单，就是她父亲因为流氓罪，前不久刚被公安机关逮捕，差一点被判刑。这件事很快传开，弄得家喻户晓，同学们都知道，都在背后议论。当时并不是很明白什么叫流氓罪，郑敏只是知道这罪名不同寻常，很下流，很丢人，很无耻，非常的不要脸。

郑敏的心中从此有了阴影，流氓罪太难听，它和通常的家庭成分不好还不一样，家庭成分大多是解放前的事，你是地主，你是富农，你是资本家，你是“四类分子”，这都和旧社会有关，都是所谓的历史原因。流氓罪则是现行，就发生在当下，就发生在今天。郑敏作为女儿，有这样一个流氓父亲，有这样一个下流的爹，顿时觉得抬不起头来。她甚至都没有勇气再偷看江阳的脸色，害怕会在他的眼神中看到某种不屑。有个犯了流氓罪的爹真是太糟糕，郑敏相信江阳根本就不会看上自己，她根本就配不上江阳。

中学毕业后，有的同学下乡当知青，有的同学留城当工人。郑敏和鲁强烈进了不同的工厂，两个厂挨得很近，有一天，鲁强烈出现在郑敏面前，说我知道你在这个厂，我就是到你们厂来玩玩。自小学中学以来，因为男生女生互不说话，互不交流，这是郑敏第一次与鲁强烈单独面对单独聊天，她感到很意外，很惊奇。以后又有过几次接触，都是鲁强烈主动来郑敏的工厂玩，他也邀请她去他们厂做客。郑敏没答应也没拒绝，只是觉得有点可笑，没事去他们厂干什么呢，他们厂又还能有什么好玩的。几次接触后，她意识到鲁强烈对自己很有好感，从他犹豫躲闪的目光中，从他不怀好意的微笑中，仿佛能看出那种想和自己处朋友的意思。

郑敏也没太往心上去，那时候大家还很幼稚，她的心目中仍然保留着江阳的位置，虽然毕业离开了学校，她还是忘不了江阳，心中对鲁强烈真没什么感觉。在工厂里当学徒，不知不觉就过去了两年。鲁强烈突然来找郑敏，突然出现在她面前，递给她一封情书，红着脸说等我走了，你再打开看。郑敏有些莫名其妙，说既然人都来了，有话干吗还要在信里说呢。说着就要拆信，鲁强烈急了，坚决不让她拆。郑敏似乎也意识到信里会写什么，心跳有点加速，脸也有点红。等鲁强烈走了，打开来看，果然是封情书，话有些肉麻，留了地址让她回复。郑敏几乎没有犹豫，立刻偷偷地就把信撕了。

这是她第一次收到这样的信，第一个想法是不能也不应该让别人知道。进厂第一天，负责接待新学徒的师傅就告诫大家，学徒期间，要好好跟师傅学手艺学技术，不可以谈恋爱。三年后满师，不久高考恢复了，很多年轻人想考大学，郑敏也跃跃欲试。厂长在大会上发火，说现在某些人不安心生产，好高骛远，想考那个什么大学，我看未必就能考上。郑敏本来也不自信，问了问身边几位同事，都不准备报名，于是也就很自然地放弃了。再不久，马路上遇到高中女同学，说起高考，说谁参加了，谁也参加了，当年的班长江阳没考上，成绩最好的徐露露没考上，成绩很一般的鲁强烈，反倒让他考上了。

郑敏听了心里咯噔一下，想到他给自己写过情书，想到自己后来就没理他，忍不住笑了起来，女同学觉得奇怪，问你笑什么，郑敏连忙掩饰，说我也跟你一样，没想到他竟然考上了。

3

郑敏觉得自己人生的第一个翻身仗，是与鲁强烈的婚礼。人生的道路是曲折的，她和他确定恋爱关系不重要，第一次发生那事不重要，一起去领结婚证也不重要，这些事都是水到渠成，自然而然地发生，发生也就发生了，按部就班并不意外，真正重要的是那场婚礼，那场婚礼开始颠覆了郑敏的人生。

婚礼在离郑敏家不远的一家饭馆举办，当时南京没有什么大酒店，婚礼场面都很小，这家饭馆已经属于最大的。鲁强烈家经济条件并不好，操办婚事，拿不出太多钱来办酒席。郑敏的父亲老郑站出来发话，说我就这么一个宝贝女儿，不能亏待她，所有的酒席开支都我来出好了，需要多少我给你们掏多少。他这么说这么做，男方会很尴尬，鲁强烈家心里不愿意，可是老郑执意要这样，就是要讲究排场，一定要自己掏钱，也没办法拒绝。于是婚礼办得很隆重，非常隆重，整个饭馆都被包了下来。

这场婚礼给郑敏挣足了面子，来了很多人，能喊的人都来了。事实上，那天婚礼的真正主角，不是新娘和新郎，而是郑敏的父亲和母亲。老郑小时候学过戏，学的是武生，虽然没在演员这条路上继续下去，但是自小练功，站有站样坐有坐样，一招一式都可以引人注目。郑敏母亲薛芬曾经也是个不错的演员，唱青衣的，一辈子没大红大紫过，后来一直在戏校当老师，这一年也还不到五十岁，气质非常好，可以说是光彩照人。大家挨个地走过来，给新人父母敬酒，与郑敏父母相比，鲁强烈父母完全就是没见过世面的土包子，年龄看上去也要大许多。

自从父亲出了那事以后，虽然父女居住在一个屋檐之下，郑敏一直不太愿意面对老郑，她很少跟他说话，能不说话就不说话，基本上没什么交流。印象中，有一段时间，老郑也是经常不在家住，他在单位里有一个工作间，经常躲在那儿写字作画，干自己的事。新婚之夜，郑敏忍不住要对鲁强烈感慨，说她从来没有想到自己父亲会那么帅气，会那么潇洒，从来也没这么想过。郑敏父母在婚礼上显得很有身份，显得很高贵，显得很高雅，一时间，竟然让郑敏产生一种公主的感觉。多少年来，她一直觉得自己是个灰姑娘和丑小鸭，一直为有这么个被称之为流氓的父亲感到自卑，感到抬不起头来，同时也对母亲薛芬没什么好感。在郑敏心目中，自己的父母实在是糟糕透了。

严重的自卑和不自信，也成了当初没给鲁强烈回信的最好借口。考上大学不久，鲁强烈又一次去见郑敏，有一点趾高气扬，有一点小人得志，胆子也大了，脸皮也厚了。他继续向她求爱，并且宣布自己能够考上大学，很重要的原因就是她没给他回信。鲁强烈说我要感谢你让我卧薪尝胆，感谢你让我悬梁刺股。他说自己受到了强烈的刺激，自尊心很受伤，人生变得非常黯淡，说他们就算是不能成为那种特殊的男女朋友，难道还不能成为那种最普通的朋友吗，你随便回几个字就那么难吗。面对鲁强烈的责难，郑敏略略感到有些歉意，她叹了一口气，语重心长地说：

“我爸的事，你难道不知道？”

鲁强烈不吭声，不吭声；就意味着他是知道，他怎么可能不知道。

“有这样一个父亲，我觉得自己不配享受什么爱情。”

鲁强烈感到很释然，说我知道你爸的那事，我当然知道，同学们都知道，可是这又有什么关系，我是说跟你有什么关系呢，你爸是你爸，你是你。鲁强烈说郑敏你想一想，照你这么说，照你这么想，我爸还是右派呢。郑敏说这个不一样，这个怎么可比，右派现在都平反了，越来越吃香。郑敏说的还真是事实，当时拨乱反正，社会上有些人根本不是什么右派，可总是喜欢把右派挂在嘴上。鲁强烈的父亲就不是什么真的右派，只是当年的思想有些右倾，只是被批判过，受过一点处分。郑敏表示她爸不一样，老郑犯的是流氓罪，他做的那些事难以启齿，这完全不一样，怎么都翻不了身，而且说出去也难听死了。

鲁强烈说我才不管那么多呢，反正我只在乎你，你就是魔鬼的女儿，我也会喜欢。郑敏听了非常感动，真的很感动。她相信鲁强烈是真的喜欢自己，真的喜欢就应该是这样，真的喜欢就应该这样不顾一切。她觉得自己一直也是这么想的，郑敏情不自禁地又想到了自己的暗恋偶像，想到了当年的班长江阳，想到他站讲台上带着大家朗读时的样子。暗恋只能永远是暗恋，暗恋只能是胡思乱想，郑敏曾经是那样地放不下江阳，为了他她可以做任何事，无论江阳遭遇多大的难，不管江阳是什么样的出身，只要他喜欢自己，她都会无条件地喜欢他。

事实上，郑敏只是被鲁强烈感动，她并没有一下子就接受他的追求，并没贸然确定恋爱关系。她仍然还在犹豫，或者说还是放不下江阳，当时的状态是既没答应，也没拒绝，从很久不联系，发展到了有联系。郑敏母亲薛芬知道有这么一件事，知道有男孩子在追求女儿，便好心规劝郑敏，说这是挺好的一件事，男孩子能够喜欢你，远比女孩子喜欢别人更好。女人很容易看走眼，譬如她就是个现成例子，薛芬说自己当年就看走眼了，我就是我喜欢你爸，可是你爸那时候他根本就不喜欢我。薛芬以切身体会开导女儿，说如果是你喜欢的男人，如果他不喜欢你，这样的男人并没有什么好，你跟了现在的这个小伙子，起码是他能喜欢你，他能爱你。

于是两人继续交往，开始处朋友。不管怎么说，郑敏有个男朋友是大学生，还是挺有面子。一来二去，关系飞速发展，越来越往前走，越来越深入。说起来同学十多年，正式交往后才渐渐熟悉。随着年龄增长，很快到了谈婚论嫁，郑敏说她有点想不太明白，不明白他为什么会看上她。鲁强烈说他也想不明白，想不明白为什么会看上她，可能还是因为当年的那次撞击，他一头扎在她怀里，也就掉进了她这口温柔的陷阱。郑敏听了就笑，鲁强烈说那时候觉得你个子真高，恐怕比我高出一个头都不止。郑敏说知道我当年为什么没看上你吗，为什么，你太矮了，你那时候怎么会那么矮，又瘦又小，完全是长成了一个歪瓜裂枣。

鲁强烈有点不乐意了，笑着纠正：

“歪瓜裂枣是指人长得难看，我那是还没有开始发育。”

鲁强烈最后的个子并不矮，他当年只是年龄偏小，只是发育偏晚。很多年以后，中学同学在玄武湖公园聚会，共同回忆中学时代，拍了许多照片。男生和男生在一起拍，女生和女生在一起拍，男生和女生合在一起再拍。转眼大家都成了中年人，当时还没进入数码时代，照片还要印出来一张张看。郑敏与鲁强烈一起欣赏照片，看着照片上的江阳，心想自己当年怎么会那么没眼光。照片上的江阳看上去比鲁强烈要矮半个脑袋，头顶已经开始秃了，一点精神都没有。同学中考上大学的不多，然而还是有几个，混得最好的，最气宇轩昂的，显然就应该算是鲁强烈，他已经当上了副处长。

鲁强烈看着照片，忍不住有些得意，说自己真的是很有眼光，当年班上的那些女生，毫无疑问是郑敏最漂亮。鲁强烈说郑敏不是我要当面拍你的马屁，讨你的好，你看看照片上的你，是不是比她们谁都好看。郑敏说你少来这套，我还能不知道你的心思，还能不知道你心中在盘算什么，你无非是想夸自己，无非是想说我真有眼光，在这么多男生中，挑中了你鲁强烈，喂，你是不是这个意思。

鲁强烈继续得意，笑得很开心：

“我就是这个意思。”

4

无论人生多么得意，少年时代不快乐的记忆，时不时还会出现在郑敏脑海里。最不能忘怀的是父亲突然被捕，那是一九七〇年，她正好十三岁。老郑被公安机关抓了起来，罪名是“偷听敌台和坐污鸡奸”。前一项是反革命行为，很反动，后一项是流氓行为，属于坏分子。偷听电台容易理解，大家都知道怎么回事，这个“坐污鸡奸”很难弄明白，反正是很坏，肯定不是什么好词。

再后来，隐隐约约有些知道，知道“鸡奸”大概是怎么回事，知道是男人和男人，怎么男人和男人，怎么叫“坐污”，还是想不明白。郑敏一生最想不明白的是父母关系，自她懂事以来，老郑只要在家，必定与薛芬睡在一张大床上。几乎是从不吵架，也不争论，说他们是对相亲相爱的夫妇，绝对没什么问题。薛芬对老郑足够体贴，老郑对薛芬绝对温柔。大致说起来就是这样，年轻的时候，薛芬对老郑更关心；到了老年，特别是薛芬的身体不好以后，老郑对她更照顾，嘘寒问暖无微不至。

当然这些可能只是表象，只是表面文章，只是做给别人看，只是做给郑敏看。早在还是个小孩子时，郑敏就觉得父母之间存在问题，有一种难以言说的不明不白。作为这个家庭中唯一的孩子，郑敏享受着父母的宠爱，无论是父亲老郑，还是母亲薛芬，都把女儿的感受看得很重。很长时间，郑敏家住的是那种筒子楼，中间一条长长的过道，一家一间或南或北，大家都在过道上升煤炉，都在过道上煮饭做菜。邻里之间挨得太近，免不了会有口舌，免不了会有冲突。有一次薛芬为什么事，与过道那头一户人家女主人吵架，吵得很激烈。郑敏在房间里做功课，外面声音忽然大起来，大到了不得不出去看一眼。

原来是正在做菜的老郑，为了帮薛芬吵架，竟然拎着炒菜的铲刀冲了过去。大家都觉得可笑，事后议论起来更可笑。女人之间吵架，本来也不需要男人帮忙，男人帮忙也可以，拎一把铲刀冲过去，高高地举着，还做出要砍杀的样子，吃相太难看。老郑这人看上去一向都是很斯文的，虽然学过武生，也就是花架子，一招一式都是演戏，都是为了摆给别人看。他这么奋不顾身，连薛芬也觉得不合适，她拦住了老郑，觉得丢人，演得太过了。

老郑与那种能打架斗狠的男人，根本挨不上边，完全不是一个路数。用薛芬的话说，老郑这一生，最大问题是他不像个男人。事实上，郑敏当时所见也只是议论中的场景，她出去时一切已经结束，看到的是母亲在埋怨，看到的是父亲垂头丧气。薛芬把老郑往家里拉，回到家里关上门继续埋怨，怪他不该掺和，说他越帮越忙，仿佛这事是老郑引起的，是他在跟别人吵架，薛芬反倒是成了局外人，郑敏看着母亲喋喋不休，看着父亲一声不吭。

这事发生在父亲被公安机关释放以后，老郑头上还戴着一顶坏分子的帽子。那时候，也是郑敏内心深处对父母最怨恨的一段时间，父亲被抓被放，对她伤害很大，然而在心灵深处，还有一件事让郑敏更受伤。老郑被抓，郑敏母女相依为命，忍受着别人的白眼。记忆中，虽然父亲被抓，罪名又是那样让人不堪，薛芬却好像什么也没发生一样。郑敏曾经问过她，问父亲是不是个坏人，是不是很坏。薛芬很认真地想了想，回答说你爸这个人呢，当然不是什么好人。过了一会儿，她又补了一句，说真要说他是坏人，也谈不上。这回答模棱两可，郑敏的感觉就是母亲不说真话，真话是什么，不知道，可以肯定的是薛芬在回避在躲闪，郑敏需要一个答案，偏偏谁也不给她答案。

有一天下午，只上了一节课，老师有事，接下来的课不上了。很多同学留在学校玩，郑敏不愿意与同学们在一起，便独自回家。夏日的筒子楼里十分安静，长长的过道无声无息，郑敏来到自家门前，从书包里拿出钥匙准备开门，感觉房间里好像有动静，便低下头来，通过钥匙孔往里看。当时还是那种老式正反都能打开的门锁，钥匙很大，钥匙孔也很大。郑敏发现薛芬正蹲在浴盆里洗澡，那年头的筒子楼只有公共厕所，没有公共的浴室，大家都是用木澡盆在自家房间里洗澡。她不明白母亲为什么会在家，为什么选择了这个时候洗澡，正寻思着，薛芬已从浴盆里站了起来，一边擦身体，一边笑着在跟什么人说话。

郑敏也没有多想，她直接拧开门锁进去了，进去以后，赶快把门带上。薛芬吓了一大跳，没想到女儿会突然回来，她完全傻了，完全蒙了，目瞪口呆，手上拿着一块花毛巾，用毛巾捂着胸，看着女儿不说话。这时候，已经进屋的郑敏意识到了蹊跷，突然发现屋子里还有别人，她注意到大床床沿上竟然坐着一个男人，一个半裸的胖男人，粗粗的大腿，黑黑的汗毛，那个男人回过头来，很吃惊地看着郑敏，也是目瞪口呆，也是一句话不说，很慌张的样子。郑敏认识这男人，他是薛芬单位的一个领导。时间陡然就停止了，大家都不知道应该怎么办，都僵在那儿，接下来，郑敏似乎听到母亲喊了一声，她看见薛芬张开嘴，对她喊了一句什么。

这一句话究竟是什么，从来就没搞清楚，反正郑敏出于本能地知道，自己应该立刻离开，必须赶快离开。她知道母亲是在让她出去，知道母亲希望女儿赶快消失。薛芬的声音压在了喉咙口，根本听不清她说的话。说什么已经不重要，郑敏仿佛被人在脑门上敲了一记，脑袋里嗡嗡作响，眼泪情不自禁便淌了下来。毫无疑问，她只能说是大概猜到了怎么回事。父亲老郑因为流氓罪被抓，让女儿很受伤，现在母亲薛芬的所作所为，让她更受伤。一时间，郑敏真是连去寻死的念头都有。眼前的一切太让人无法接受，老郑的事是巨大的丑闻，薛芬的行为暴露在光天化日之下，显然会是更大的丑闻，大家会怎么议论这事呢，同学们背后又会说些什么。

那天郑敏最大的愿望，她能够真正消失，希望自己变得无影无踪，希望所发生的一切，都是一场梦一场噩梦。如果她不是一个人，是一只鸟就好了，这样就可以远走高飞，飞得远远的，再也不用回来。郑敏知道这不是梦，绝不是梦，这是现实，这是十三岁的她必须要面对的现实。现实就是这么无情，现实就是这么残酷，薛芬与胖男人之间究竟发生了什么，郑敏并不完全清楚，很多事她还不懂，在那个特定年代，在“文化大革命”的大背景下，性是一种禁忌，性的知识是一片巨大空白。郑敏所能知道的，她所能判断的，就是这肯定不对，这肯定是个错误。她只知道这事非常严重，她只知道这事非常流氓。一个女人怎么可以当着男人的面赤身裸体，那个胖男人也太不要脸，太下流了，他怎么可以偷看女人洗澡呢。

在后来的岁月里，郑敏母女之间一直保持着沉默，小心翼翼地维护着这个秘密。谁也没有捅破那层窗户纸，也许她们互相都在等待，一个等对方可能会说，一个等对方可能会问，结果却是谁也没说，谁也没问。“文化大革命”结束，改革开放，各种冤假错案得到平反，获得了纠正，郑敏也做过一些假设，想象过一些颇有戏剧性的情节。她希望父亲是被冤枉的，母亲为了父亲的案子，为了救老郑，不得不向权势低头，不得不舍身喂虎。胖男人是单位里的革命委员会副主任，薛芬是因为对父亲老郑的爱，才不得不牺牲自己。

想象和假设永远代替不了现实，在郑敏和鲁强烈的婚礼上，那个头发已经全白了的胖男人，带着自己老态龙钟的太太，过来给新人的双方父母敬酒，为新娘和新郎祝福，堂而皇之若无其事。在当时的气氛下，郑敏根本来不及反应，很多人过来敬酒，觥筹交错推杯换盏，必须要等婚礼结束，才能转过神来慢慢咀嚼，才能静下心来仔细回味。事实上，当时不止是胖男人夫妇镇定自若，郑敏父母也是坦然处之，郑敏看见老郑很高兴地与那个胖男人一边干杯，一边还说着什么，胖男人老婆牙都掉得差不多了，右手拿着酒杯，左手半遮着嘴，咯咯地笑着跟薛芬说话。

5

很多年以后，郑敏最想不太明白的，是自己怎么突然就成了一个有钱人，怎么就成了一个不折不扣的小富婆。所有这一切都发生得很自然，与鲁强烈结婚时，她还是个普通工人。记得鲁强烈上大学期间，大学生都很穷，反而是工人很有钱，那时候工厂里效益好，加班奖金很高，收入相当稳定。鲁强烈自己也承认，自从与郑敏确定恋爱关系，包括后来结了婚，他再也没感到过缺钱。郑敏的下海纯属偶然，老郑有个来自香港的表弟，在南京新街口开了家电器店，倒卖录音机和磁带，需要一位漂亮美女去帮站柜台。当时除了老郑，几乎所有人都反对郑敏辞职，都认为不该放弃铁饭碗，然而她根本不犹豫，说辞职就辞职，说下海就下海了。

也与老郑分到一笔巨款有关，郑家是南京城里的世家，城中心有栋非常漂亮的小楼。郑敏的爷爷上世纪四十年代去了香港，在五十年代，房子被充公没收，到八十年代落实政策，归还给原来的房主，完全可以说是一笔意外之财。房子被房管所代管多年，已住进了很多人家，要归还也不容易，最终方案是政府拿出四万元钱，又给了两套房子的居住权。当时万元户就是非常有钱的人，郑家一下子有了四万元钱，有了两套房子，当不当工人真无所谓。郑敏的工厂后来倒闭了，厂房也卖了，工人全部下岗，这都是后来的事，在她下海时绝对不会想到。

除了卖电器卖磁带，郑敏还卖过服装，卖过珠宝，卖过字画。然而最好的买卖，最大的成功，竟然是买房子。下海这些年，她赚过大赚过，也赔过大赔过，只有买房子稳赚不赔。鉴于这个经验，她给自己司机小蔡的最好建议，就是赶快贷款借钱买房，要买就尽量买大房子，要买就尽量买好房子。小蔡夫妇来自农村，跟着郑敏干了好多年，因为买房，买了还不错的房子，俨然已是标准的城里人。小蔡的老婆小聂也不用上班了，歇在家里照顾孩子，打麻将；她所住的小区，有很多歇在家里的家庭妇女。进入新世纪，生意越来越不好做，郑敏的所谓公司基本上是个空壳，只剩下生意还算凑合、取名“杨柳依依”的茶楼，维持公司运营全靠房租。好在房价最低迷时，她尽其所有，出手买下两千多平方的门面房，后来成了黄金地段，房价无数倍增加，房租也跟着狂涨。

要说离婚后的郑敏，从未想过再婚，这个当然不确切。不过要说对再婚有多大兴趣，恐怕也不是事实。一个有钱的女人，对男人的要求会相当复杂。有些男人一眼可以看出来，他就是奔钱来的。当然也不乏看中她姿色的，郑敏虽然不再年轻，但徐娘半老风韵犹存，依然还足以让男人动心。好在生意场上跌爬滚打了许多年，要想在她身上骗钱骗色，绝非容易之事。刚离婚的那段时间，郑敏曾感到非常沮丧，她并没觉得失去鲁强烈是多么了不得的遗憾，让她感到不痛快的只是失落，与做买卖赔了的感觉差不多。

他们有个儿子，儿子与郑敏一起生活，离了婚的鲁强烈偶尔也会过来看望，商量儿子出国读书事宜。这孩子读书本来一直都是好的，父母分手，成绩直线下降，郑敏担心这样下去考不上大学，决定送儿子去澳大利亚上高中。儿子送走了，按说鲁强烈也没什么借口再过来，但是仍然会厚着脸皮上门，理由是想找郑敏说说话，诉诉苦。郑敏也不太拒绝，想法很简单，就是要给他再婚的新太太添堵，就是要让袁美珠不痛快。鲁强烈诉说袁美珠跟自己结婚后，与前夫藕断丝连，动不动还有来往，他掌握着确凿的证据。郑敏便冷笑，说你跟我说这个是什么意思，你老婆的事你自己管好就行了，我这儿你可不要再有什么别的念头，不要动别的心思。

郑敏的身材很好，到了一定年龄，女人的身材很重要。最初并没怎么注意到，人不会老是去注意自己的体形，也是经人提醒，才发现她既不肥又不瘦，该丰满的丰满，该紧俏的紧俏。这一点恰好与郑敏母亲一样，家中的女佣给晚年的薛芬洗澡，老太太有点老年痴呆，赤条条坐在淋浴房的凳子上，一动不动，然而她的皮肤还是光滑的，身材还是很说得过去。郑敏有时还会想到从钥匙孔中偷看到母亲洗澡的那一幕情景，薛芬站在木头浴盆里，那个胖男人坐床沿上，流着无耻的口水，欣赏着薛芬美妙的身体。一想到胖男人，郑敏就会感到浑身不自在，就忍不住起鸡皮疙瘩，就为母亲感到可惜，好白菜生生让猪给拱了。

儿子在澳大利亚高中毕业，上大学前回家探亲，去父亲家吃饭。回来跟郑敏汇报，说鲁强烈让他带信，现在生意不好做，没必要太冒险，够吃够花就行。郑敏便对儿子说，你那个爹纯属放屁，什么叫够吃够花，你问问他，你在澳大利亚留学，他有没有拿过一分钱。儿子不吭声，郑敏又问，你那个爹还说什么，还放了什么屁。儿子说也没说什么，他们就是在一起议论，我爸和那个女的也就是随口说起，说你肯定会有男人追。郑敏听了又好气又好笑，说儿子你应该给你妈带个信，告诉你爹，告诉你那后妈，说你妈我活得好得很，说我日子不要太好过，有好多小白脸在后面追着呢。儿子说我就是这么回答的，我说我妈那么优秀，当然有人会追。郑敏纠正说你应该告诉他们，不是什么小白脸追我，我干吗还要别人追，我为什么不能主动追小白脸，你应该告诉他们，你应该好好地气气他们，说你妈高兴了就养小白脸，说我养得起。

有了国内买房子的经验，郑敏在澳大利亚也买了房子，以后儿子要在那里工作，有现成的住房肯定不是坏事。有了房子，郑敏只要愿意，也可以去澳大利亚养老。当然这都是未来之事，暂时还不用考虑那么远。进入新世纪后，最迫切的还是郑敏父母的养老，老郑和薛芬说老就老了。说起来，小蔡是郑敏公司的副总，其实也就是她家的司机。他老婆小聂最初是郑敏家的小保姆，结婚前一直在郑家照顾两位老人，后来回乡结婚，生完孩子断了奶，把女儿交给婆婆带，自己出来打工，兜了一大圈，又再次回到郑敏父母身边。那时候，小蔡在南京开出租，小聂来南京当小保姆，很重要的一个原因，就是为了能和老公在一起。小聂和小蔡的家乡都是安徽无为，这地方到南京来打工的人很多，刚开始，为了送薛芬去医院，用过小蔡的出租车，用了几次，都觉得小伙子人不错，干脆就招他为公司开车。郑敏的公司一开始就没几个人，后来人更少，私人公司怎么称呼都行，郑敏是法人是总经理，手下的人都是副总经理。

小蔡跟在郑敏后面跑腿做下手，有一段日子生意好做，行情好的时候，也跟着赚过一些钱。他能听郑敏的话，应该乖巧时很乖巧，应该胆大时很胆大。郑敏待他也不薄，有一段日子，小蔡曾试图离开郑敏，觉得离开了她也能过，也能自己做生意。没想到离开了还真不行，没有郑总和郑姐的照应，他什么都做不好，他什么都不是。贷款买了房子，看着房价呼呼往上涨，只能是纸面上的高兴，毕竟房子是自己住，贷款还得真金白银地去还，说句不好听的话，就是有了房子，反倒被房子给套住。小聂也不工作，她什么都不会，要工作只能再去当保姆，好歹也算见过世面见过钱，这保姆的差事自然不想再干了，反正男人养自己天经地义，就歇在家里天天打麻将。

结果便是小蔡夫妇离开不了郑敏，郑敏也离开不了小蔡。生意越来越不好做，生意越来越难做，公司的人越来越少，可是小蔡这个人还是需要，离开了他还真不行。郑敏也有驾照，也会开车，她撞过一次车，心里有了阴影，于是怕开车不想再开车。公司总是要用车的，老人动不动也要去医院，加上这个那个因素，郑敏嘴上很凶，动不动让小蔡走，动不动喊他滚，其实心里都知道，双方都明白，都是在演戏，都是说着玩，真相是谁也离开不了谁。世上哪有白花的钱，说起来是郑敏养着小蔡一家，小蔡偶尔还会在外面拈花惹草，小聂一旦发现，气鼓鼓地到郑敏这来告状，希望能帮着管管，希望她能管好他，郑敏便会说：

“老公是你的，凭什么要我来帮你管呢。”

6

母亲薛芬去世后，郑敏发现自己头上有了白发，眼睛开始老花，看手机必须戴眼镜。她开始染发，开始做各种各样美容保健，人一过五十岁，生活节奏慢下来，时间却突然变快了。前前后后也短暂交往过几个男的，都是不了了之，都是有上文没下文，有开始没结果。时过境迁，商场上的打拼仿佛都是过去之事，现在她完全靠吃老本过日子，公司的生意就剩下“杨柳依依”这个茶楼，自己的房子不用缴房租，基本上是个不赔不赚。

到了最后，郑敏的实际身份，也就是“杨柳依依”茶楼老板娘。和男人的关系时旱时涝，说不上是缺，也说不上是不缺。电视台一档黄昏之恋节目，专门为中老年人做红娘，郑敏的茶楼被推荐为指定约会场所。很多事就在眼皮底下发生，她都是看在眼里，屡见则不鲜，见怪就不怪，见多了便看开了，想明白了。更年期之前，她还不算很放得开，担心再次怀上孩子，闹出什么笑话来；更年期以后开始尽性，变得为所欲为肆无忌惮。

郑敏的儿子大学毕业，在澳大利亚找了份说得过去的工作，女朋友换了好几个。都说时代不同了，观念也要跟着改变。在别人眼里，郑敏正过着快乐的单身日子，这年头有钱就行，有钱都好办。郑敏的母亲薛芬逝世，小蔡很认真地劝过郑敏，让她为老父亲再找个伴，理由是老郑老两口生前很相爱，是非常模范的一对老夫妻，老郑对妻子的照顾也算尽到责任，可是人死了不能复生，为自己老父亲着想，帮他再找个老伴相陪，显然不能算是什么坏事，郑敏还能更省心，何乐不为。

小蔡这么说，这么劝郑敏，还有个更直接的原因。就是她让他去帮老郑洗澡，帮老人家搓搓背，正打着肥皂液，老爷子的那玩意儿突然变得不老实，很顽皮地从白色肥皂泡沫中竖了起来：

“郑姐我跟你说，真吓了我一跳！”

小蔡觉得这事应该说一下，应该说出来，应该提醒郑敏注意。郑敏说你跟我说这个是什么意思，你把话讲讲清楚好不好。小蔡说这还不简单，这还不够清楚，我的意思就是，该避免的，还是要尽量避免，跟你说郑姐，你爸真是人老心不老，你是叫没看见，没看见那雄赳赳气昂昂的样子，万一他老人家老不正经，我是说万一，万一有个什么为老不尊，万一他对小王动手动脚，这可不太好，郑姐你说是不是这个道理。小蔡说的这个小王，是郑敏为父母聘用的住家保姆，年龄与郑敏差不多，老公生病死了好多年，在郑家当保姆也很多年，小蔡担心孤男寡女别弄出什么事来，最后闹出一个反客为主的笑话。

郑敏忍不住要笑，笑得十分开心。小蔡很严肃，有点想不明白，不知道为什么要笑。他说你干吗要笑，这有什么好笑的。郑敏说我不能不笑，怎么能不笑，我都要笑死了，你呀，实在操太多心了，真是不该你操的心，也操了，你说你操这心干什么。小蔡说好吧，我想多了，想多了，你就当我什么也没说，你就当我是放屁好了。小蔡显然是想多了，有些事他不知道，因为不知道，难怪会胡思乱想。郑敏安慰小蔡，说你放心好了，我说没事就没事，事情不是像你想的那样，也不会像你想的那样。

“那当然，你爸的事，当然还是你最了解，”小蔡心里还是有点不服气，继续保持自己的看法，继续给予郑敏暗示，“不过话要说回来，郑姐你毕竟是个女的，男人的有些事，你恐怕也未必了解。”

“我肯定比你了解。”

“好吧，你比我了解。”

“我是说我肯定比你更了解我爸。”

郑敏与小蔡之间，早就到了什么话都可以说，都可以聊的地步，但是她从没有跟他说过老郑的事。事实上，无论小蔡说什么，她都不会太生气。譬如小蔡说郑姐你干脆带我去澳大利亚吧，我们一起到那儿去养老，到那儿去安度晚年，就我们两个人，你看好不好。这话明摆着是讨好，可以当真，也可以不当真。郑敏听了，明知有假，仍然还是有几分动心。她知道这家伙也没什么真话，因为没真话，就是说了真话，也不能太当真。她说我凭什么带你去澳大利亚，你又不会说英语，我也不会说英语，我们去干什么。

薛芬在世时，不止一次劝女儿再找个人，她说我知道这话你现在听不进去，不过你一直这样，也不是个事。郑敏知道，母亲对她的现状，不可能一点都不知道。大家都心知肚明，都心照不宣。郑敏从来不跟母亲谈起她与胖男人的关系，薛芬也从不过问她和小蔡的事。然而她们却可以很认真地谈老郑，讨论和分析他的内心世界。薛芬说你爸从来就没真正地爱过我，他爱的不是我，而是另外的别人。郑敏知道父亲有过不光彩的历史，她印象中，父亲一直是爱母亲的，他们起码在表面上，还是一对非常恩爱的夫妻，老郑对薛芬始终是照顾有加，向来细心体贴。薛芬的这番话，不得不让郑敏在记忆中拼命搜索，她想找到母亲说的那个“另外的别人”。

那个“另外的别人”会是谁呢？记忆中，除了她们母女，老郑似乎很少与别的女人说话。老郑在女人面前总是害羞的，总是腼腆的，郑敏一直觉得老郑这么做，这样的处事态度，是害怕妻子多心，是担心薛芬吃醋。没想到，最终还是薛芬解开了郑敏心中的疙瘩，薛芬告诉女儿，她父亲喜欢的不是女人，她父亲真正喜欢是的男人。郑敏无法形容自己刚听到这话时的震惊，她以为母亲在开玩笑，在说笑话。当然不是开玩笑，当然不是说笑话，为了证明自己说的话，薛芬交给女儿一个不厚的档案袋，说你爸一生的秘密，都藏在这里面，你看完也不用还给我，记住了，记好了，我死了以后，必须把它跟我一起烧掉，记好了，你一定要这么做。

郑敏没有把档案中看到的内容，告诉任何人，她经常会想，如果母亲将这些该死的档案烧掉就好了。郑敏并不想知道档案袋里的内容，她并不愿意面对档案中保留的真相。世界上并不是所有的真相，都应该存在，都应该保留。档案袋中的触目惊心，莫过于老郑亲笔书写的交代材料，详细得过分，逼真得让人不敢相信。白纸黑字，不相信也得相信。那些可怕细节给郑敏带来的冲击，丝毫不亚于她少年时父亲被公安局的逮捕。现在，费解字面背后的含意终于明白，多年困扰的谜团终于解开，郑敏终于知道什么叫“坐污”，知道什么叫“吞奸”。父亲老郑竟然还留下了这样一段文字，“七〇年夏天，曾以开玩笑等手段，把本院一名中学生骗至防空洞中，在他肛门涂上凡士林进行鸡奸，该学生鸡奸后大便不止，都拉到裤子里了”。

老郑交代自己历史，说他作为一个富家子弟，在学戏的时候，被一个学青衣的师傅诱奸了，那人欺负他年幼不敢反抗，于是就让他受到了坏作风的沾染和影响。他说自己当时年幼无知，受了害，却对这种关系不以为然，只是认为无聊而已。正是在这种认识不足的情况下，受到了坏影响而中了毒，思想深处打下了资产阶级腐朽思想的烙印，堕落成为思想上落后、生活上腐化、政治上糊涂的坏人。交代材料中，老郑不仅坦白自己的种种罪行，对他在“生活作风上的犯罪事实”做了一个系统交代，还特别强调了组织以及妻子对他的挽救，是“党和妻子”给了他重新生活下去的勇气，最终让他取消了自杀的念头。

郑敏读初中时，如果老郑没被公安局逮捕，如果没偷看到薛芬和胖男人之间的那一幕，如果母亲后来没把父亲的档案袋交给女儿，郑敏的人生很可能会有点不一样。可惜，如果这玩意并不存在——事实上，世界上从来就没有什么如果，根本就没有什么如果。真相有可能被屏蔽，也可能被揭露，并不完全以人的意志为转移。郑敏和薛芬母女之间，曾有过几次非常认真的谈论，关于老郑的故事说得越多，越不明白，郑敏记忆最深的，是母亲谈起父亲时的无奈。

“我这一辈子呀，真的是很爱你爸，发自内心地喜欢他，”薛芬说着说着，会非常悲伤，“就是一门心思地爱他，而你爸呢，我实话告诉你，他只是想爱我，他只是不断地在做出爱我的样子，他这一辈子都是在演，都在演戏。”

7

如果说郑敏父亲的一生都是在演戏，老郑的这个戏演得也真是太好了，他太会演。薛芬的脾气并不好，郑敏印象中，母亲确实爱父亲，可是她经常对老郑发火，动不动就埋怨这埋怨那。因此看上去，显然老郑更爱妻子，起码在旁人眼里是这样。他一直在试图保护她，老郑这人并不强悍，薛芬在日常生活中很容易跟别人吵架，只要一遇到什么争论，他总是不顾一切地帮着薛芬，会无原则地帮着她一起吵，不管是跟什么人，不管有理无理。这对看上去非常恩爱的夫妇之间，自始至终都存在着一些说不明白的东西，薛芬病重时住院，老郑天天下午要去医院陪她，他总是搬一张椅子，直直地坐在床头，很深情地望着薛芬，一坐好几个小时。

病房在楼道西南端，每到黄昏时分，冬日阳光从窗外照射进来，印在薛芬苍白的脸颊上。她像一朵盛开后正枯萎的鲜花，病歪歪躺床上，额头上浅黄色的光影在流动。老郑含情脉脉守护着薛芬，坐在床边一动不动。医生和护士看了这情景，都感动，都叹惜，都羡慕。他们主动与郑敏闲聊家常，都说你们家这一对父母，可以说是我们能看到的最恩爱夫妻。管床医师朱医生是个非常阳光的小伙子，人长得很白净，头发梳得很整齐，医学博士毕业不久，说话细声细语，他看着老郑的时候，眼睛闪闪发亮，老郑看见朱医生，眼睛也会放光。这时候，薛芬就显得不太高兴，她的脸色立刻变得很难看。

有个姓刘的小护士为薛芬打针，打完针，瞪着一双大眼睛，很天真地对郑敏说：

“你妈的皮肤真好，太好了，你看都到了现在这个地步，还是那么光，还是那么滑，还是那么柔嫩，你妈年轻时肯定非常漂亮，肯定是个大美女。”

这位姓刘的护士还说：

“你爸年轻时，肯定也是帅气得不得了，你看他现在的样子，都是个老头了，还是那么潇洒。”

甚至连小蔡这样的男人，都会很感慨，都会感到惋惜。他叹着气跟郑敏描述着自己眼里的老郑，说老太太这真要一走，老爷子实在太可怜。小蔡天天要开车送老郑去医院看望薛芬，搀扶着走上走下，经常电梯口一等就是很长时间。虽然老态龙钟，老郑总是西装笔挺，头上一顶很时髦的帽子，手上拄根拐杖，非常有风度。和姓刘的护士一样，小蔡也觉得人还是老派的好，老派的人更传统，更靠谱，更讲究。

薛芬的最后遗愿，是将自己骨灰撒入长江。生前曾对女儿交代，说她并不后悔这一生与老郑厮守，只希望死后分开，在未来世界各奔东西，分道扬镳再无纠葛。母亲逝世，郑敏征求老郑意见，把薛芬的最后心愿告诉父亲。老郑沉默良久，叹了一口气，说还是等等吧，等我死了，到那时候，再把我们骨灰一起扔入长江，我现在还没死呢，你先不要着急。

郑敏当然要听老郑的话，必须尊重父亲意见。薛芬的骨灰后来一直放老郑卧室，放在遗像下。遗像是老年时期的薛芬，很慈祥的一张彩照；骨灰盒是黄花梨的，很精致，旁边长年放盆鲜花。在郑敏家楼下，有家很大的花店，每隔一段日子，郑敏便让小蔡买盆盛开的鲜花给老郑送过去。

二〇二〇年十二月十五日　三汊河

后　记

四十年前的某个时刻，开始写小说，开始写短篇小说。时隔多年，记忆有些模糊，当时不知道该怎么写，只是朦朦胧胧写了，稀里糊涂发表。从此，虽然经历过五年任何文字也发表不了，我一直坚持在写，基本上没停过笔，一直熬到今天。

文学创作就是一场漫长的马拉松，四十年岁月转瞬即过。短篇是我文学之梦的起点，作为一名职业作家，可以说写了一大堆作品，出版了不少著作。相对而言，我的短篇并不多，也就是十年才能出一本集子。在二〇〇九年，出版过一套三卷本的《短篇小说编年》；二〇一九年又编了一本，算是《编年》的第四本。

没想到在过去的一年，又完成了这样一本全新的《编年》，有了第五本。整整一年，除了写中篇小说《通往父亲之路》，几乎都沉浸在短篇小说创作之中，这是以往从未有过的经验，同时也是一种不寻常的享受。仿佛返老还童，又回到刚开始写作的美好岁月，我突然回到了文学创作的起点，状态好得让自己都难免吃惊，在高铁的车厢，在飞机上，在旅途的酒店，只要有可能，打开电脑就可以写。

没有什么比能写更幸运，其他的话不多说，关于短篇写作，前面几本《短篇小说编年》中已经唠叨过，再说就显得啰唆。最后要表达的仍然是感谢，谢谢读到以上文字的读者。

二〇二〇年十二月二十二日　三汊河